14/09

dtv
premium

Jenny Valentine

Die Ameisenkolonie

Roman

Aus dem Englischen von
Klaus Fritz

Deutscher Taschenbuch Verlag

Jenny Valentine in der *Reihe Hanser*:

»Wer ist Violet Park« (dtv 62392)
»Kaputte Suppe« (dtv 24778)
»Meine kleine Schwester Kiki und ich – Es geht los« (dtv 62453)
»Meine kleine Schwester Kiki und ich – Der Geburtstag« (dtv 62454)

Das gesamte lieferbare Programm der *Reihe Hanser*
und viele andere Informationen finden Sie unter
www.reihehanser.de

FSC
www.fsc.org
MIX
Papier aus verantwortungsvollen Quellen
FSC® C013736

Deutsche Erstausgabe 2011
dtv *Reihe Hanser*

Titel der Originalausgabe
›The Ant Colony‹
(Harper Collins Publishers Ltd., London)

Umschlaggestaltung: Lisa Helm unter Verwendung eines Fotos von
plainpicture/Melodie DeWitt
Satz und Lithos: Greiner & Reichel, Köln
Druck und Bindung: Druckerei Kösel, Krugzell
Gedruckt auf säurefreiem, chlorfrei gebleichtem Papier
Printed in Germany · ISBN 978-3-423-24842-6

Für *Alex*
(und Reg)

Danke:

Veronique Baxter
Laura West
Stella Paskins
Gillie Russell
und Bohemia Houghton

Eins (Sam)

Ich sah ein Mädchen. Ein Kind. Das geschah nicht am Anfang, aber es ist gut, so anzufangen. Ich sehe sie jetzt. Sie könnte direkt vor mir stehen. Ich wünsche es mir.

Dunkelrote Haare, sahnig weiße Haut, den Blick zu Boden gerichtet.

Als ich vorüberging, stand sie dort im Eingang, in einer offenen Tür zur Straße. Hinter ihr war noch eine Tür, zu einer Bar, glaube ich, oder einem Klub. Um sie herum, zwischen den beiden Türen, war nur Schwarz, reines, mattes Schwarz. Ihre Kleider waren schwarz, auch ihre dunkelroten Haare und ihr bleiches Gesicht, ihre Hände waren die einzigen Stellen, die licht waren.

Sie sah aus, als würde sie aus der Nacht erscheinen, für einen Maler Modell stehen, der seit zweihundert Jahren tot war. Das ist nicht komisch gemeint. Da war sie, am raueren Ende der Camden High Street, und sah aus, als würde sie an die Wand der National Gallery gehören.

Als ich weiterging, behielt ich ihr Bild im Kopf, und ich weiß noch, wie ich dachte: *Was, wenn ich zurückgehen und Hallo sagen würde?* Was, wenn ich ihr sagen würde, wie sie aussah, und wie sehr ich mir wünschte, ich hätte eine Kamera und ein wenig Ahnung, wie man sie bedient? Ich würde ihr Angst machen, ein großer Kerl wie ich. Sie würde mich für einen Spinner halten. Sie würde zurückweichen und ihren vollkommen dunklen Ort verlassen und das Bild für immer zunichtemachen.

Also ließ ich es sein. Ich prägte sie mir ein als einen der achthundert Schnappschüsse, die mein Kopf in diesem Moment aufgenommen hatte. Das tut man an einem Ort, an dem es eine solche Überfülle an Dingen zu sehen gibt. Ein Lidschlag, dann geh weiter. Kaum einen Tag war ich hier gewesen, aber damit auch schon lange genug in London, um das zu wissen.

Mein Name ist Sam und ich bin nicht von hier.

Ich bin in einem Haus am Fuß eines Berges aufgewachsen, verborgen in einer Senke, die sich im Winter mit Schnee füllte, im Frühjahr mit Wasser. Nachts herrschte richtige Dunkelheit, vollkommene Abwesenheit von Licht, mit Ausnahme der Sterne, die unzählig und gerade so gut verteilt waren, dass man den weiten Bogen des Himmels erkennen konnte.

In der Stadt gibt es keine Sterne. Ich schleifte immer meine Matratze zum Fenster und legte mich auf den Rücken und blickte hinaus auf das feuchte Laken orangefarbenen Dunsts, den alle Oberflächen zurückwarfen, und auf die blitzenden Tragflächen der Flugzeuge.

So war der Tag, an dem ich mein Zuhause verließ: blauer Himmel, kreischende Vögel. Ich wachte auf, und es war wunderbar, und ich hasste diesen Anblick, weil ich auf keinen Fall bleiben konnte. Ich zwang mich, im Bett liegen zu bleiben, bis Dad fort war, und starrte so lange durch das Fenster in die Sonne, bis ich sie mit geschlossenen Augen sehen konnte.

Ich saß an meinem Schreibtisch, angezogen und bereit zum Aufbruch, als Mum gegen acht an meine Tür klopfte. Dreimal kurz. Selbst mit ihrer Art zu klopfen brachte sie die Distanz zwischen uns zum Ausdruck.

Später fragte ich mich oft, wie anders alles gelaufen wäre, wenn sie gewusst hätte, dass ich weggehen würde, wenn sie nur dieses eine Mal ihre Gefühle für sich behalten hätte. Aber du kannst nicht durch die Welt gehen und jeden so behandeln, als ob du ihn nicht mehr sehen würdest, nur so für alle Fälle. Und damals war es ohnehin viel zu spät. Ich wusste schon, wie sie sich fühlte.

Den Bus zu verpassen war viel einfacher, als ihn zu erwischen. Ich wechselte meinen Schulpulli in dem verfallenen Schuppen, wo der Weg zu uns abgeht, und stopfte ihn in meine Tasche. Und dann trampte ich in die Stadt, um den Zug zu kriegen. Aaron Hughes, der alte Farmer, nahm mich mit – seine Karre wie ein Heuschober, Erntegarn als Hosenträger, bissiger Jack Russell auf dem Beifahrersitz: Ich meine diese Art von alt. Er fuhr ungefähr zehn Meilen die Stunde, nicht gerade Fluchtgeschwindigkeit. Aber er hörte nicht sonderlich gut, und reden war nicht sein Ding, was mir gerade recht war. Ich fragte mich, was er tun würde, wenn er wüsste, dass er mein Fluchthelfer war.

Der Himmel war von diesem eindringlichen Blau, unten blässer, am Horizont lang dunkel. Das Hügelland veränderte sich mit dem Licht, die hohen Wolken zogen dunkle Schatten darüber. Ich konnte das auf den Tod nicht mehr aushalten: dieselben Umrisse, dieselben Bäume, dieselbe Schönheit. Aber weil ich wusste, dass es das letzte Mal war, starrte ich hin, als hätte ich es noch nie gesehen.

Aaron lachte. Er sagte etwas über das Land, es sei wie eine Frau, umwerfend, wenn du sie verlässt, grau und gewöhnlich, wenn du bleibst.

Dann waren wir stumm. Ich wusste nichts darauf zu sagen.

Der Bahnhof war etwa zwanzig Minuten entfernt von da, wo er mich absetzte. Leute warteten auf dem Bahnsteig, verabschiedeten sich, scharten sich um Autos. Ich sah niemanden, den ich kannte, Gott sei Dank. Ich kaufte eine Fahrkarte, nahm die stählerne Brücke über die Gleise und setzte mich allein in die zugige Luft.

Was ich von der Zugfahrt noch weiß, ist das: eineiige Zwillinge. Frauen mit glänzenden, zerzausten Haaren, die zwei Tische entfernt aneinanderlehnten und schliefen. Sie waren mager und müde, und sie öffneten dauernd die Augen, sagten aber nichts und schlossen sie dann wieder. Jede von ihnen war schön, weil zwei von ihnen da waren, als ob jemand einen Spiegel in die Mitte des Zuges gestellt hätte.

Eine Gruppe von Kindern hinter mir auf dem Weg zu einem Mathemarathon. Sie redeten so, dass es alle hören konnten, als ob sie wichtig wären, als ob sie kein Wässerchen trüben könnten, als ob gut in Mathe zu sein alles wäre, was sie je brauchten, um sich auf die Welt einen Reim zu machen. Ich wollte ihnen die Köpfe zurechtrücken, aber ich wusste, dass sie es bald auch ohne mich herausfinden würden.

Ein kleiner Junge am Fenster eines anderen Zuges, eingekeilt, umgeben von Ellbogen, der Kragen seiner Steppjacke flach gegen die Scheibe gedrückt wie jemand, der eine Grimasse zieht.

Ich nahm die SIM-Karte aus meinem Handy, ließ sie in einen halb leeren Pappbecher mit Tee fallen und schüttelte ihn kurz. Die Frau mir gegenüber starrte mich mit großen Augen an und wandte sich dann wieder ihrem Magazin zu. Ich vergewisserte mich, dass ich mein Geld noch bei mir hatte. Ich hatte täglich etwas von der Bank abgehoben. Ich prüfte immer wieder, ob es noch da war, denn es war alles, was ich hatte.

Die Berge schrumpften, und das Land war jetzt flacher, eingekastelt und aufgeteilt. Draußen vor dem Fenster schien alles übervoll und gewöhnlich und faszinierend fremd. Die Zwillinge wachten auf und sahen nun auch raus, ohne ein Wort zu sagen.

Ich schloss die Augen.

Das Erste, was ich in London lernte, war, nicht zu lächeln. Ich stieg aus dem Zug und sah mich um. Der Bahnsteig leerte sich wie bei einer geregelten Panik. Ich lächelte einen Mann im Anzug an, dunkelhäutig, mittleren Alters, sauber rasiert. Er kam auf mich zu. Im Glanz seiner Schuhe spiegelte sich der Himmel über dem Glasdach des Bahnhofs. Ich lächelte, aber er vertrug es nicht sonderlich gut. Er tat drei Dinge, blitzschnell, in kaum einer Sekunde. Ich beobachtete ihn. Er änderte den Rhythmus seines Gangs um eine winzige Kleinigkeit. Er sah mich streng an, stählern, um sicherzugehen, dass er sich nichts einbildete. Dann verdüsterten sich seine Augen, er blickte zwar immer noch in meine Richtung, aber sturgerade durch mich hindurch, nicht mehr auf mich. Was er ganz bestimmt nicht tat, war, mein Lächeln zu erwidern. Ich lernte ziemlich schnell, dass die Einzigen, die jeden in London anlächeln, die Neulinge und die klinisch Verrückten sind.

Später, in der Schalterhalle von Paddington, sah ich mehr Leute auf einem Haufen, als ich in meinem ganzen Leben gesehen hatte. Tausende stellten sich für Fahrkarten an und wirbelten durch Drehkreuze und fuhren Rolltreppen rauf und runter. Ich stand regungslos im Auge des Sturms, ganz allein für mich, und starrte. Ich blickte immer wieder auf die Liste, die ich auf einen Umschlagrücken gekritzelt hatte, als ob sie helfen würde. Ich konnte meine eigene Schrift nicht lesen.

Alle anderen wussten, wo sie hinwollten, und kamen in flinken, kräftigen Strängen voran, die mich mitrissen und in die falsche Richtung trugen, wie der Fluss daheim nach einer Regennacht.

Dann dachte ich an Max. Er fiel mir wieder ein inmitten all dieser Geräusche und Rhythmen und Farben und Abgasgerüche und Bewegungen. Er überraschte mich. Ich erinnerte mich, wie ich ihm gefolgt war im lichtgesprenkelten Dunkel der Wälder. Ich stellte mir sein ewiges Stirnrunzeln vor, seine Segelohren, seine zerzausten Haare. Ich dachte an sein nervös zuckendes Lächeln.

Mehr konnte ich nicht tun, um weiter atmen zu können.

Du kennst das, wenn die Leute sagen, sie wünschten, die Erde würde sich auftun und sie mit Haut und Haaren verschlingen? Das lässt sich eigentlich ziemlich leicht bewerkstelligen, wenn du es wirklich ernst meinst. Ich kam neunundzwanzig Minuten nach vier aus der Camden Town Station und verschwand spurlos. Niemand wusste, wer ich war. Ich konnte mit dem Grinsen nicht mehr aufhören.

Die Wolken hingen ungewöhnlich tief. Ich ging in eine Bäckerei und kaufte mir ein Sandwich und verstand nicht die Hälfte von dem, was das Mädchen hinter dem Tresen zu mir sagte, weil sie so schnell redete. Als ich zu lange brauchte, um das Geld abzuzählen, konnte ich sie mit dem Fuß klopfen hören, und sie erwiderte mein Lächeln nicht, eigentlich sah sie mich nicht einmal an. Das Sandwich schmeckte nach nichts und machte mich furchtbar durstig. In einem Kiosk, in den nicht mehr als zwei auf einmal reinpassten, kaufte ich eine Cola. Er war so vollgestopft mit Waren, dass sie vergessen hatten, Platz für Menschen zu lassen.

So wirkte Camden auf mich – das fiel mir als Erstes auf. Es gab überall Dinge zu kaufen, und ich fragte mich, wer zum Teufel irgendwas davon haben wollte.

Ich setzte mich auf die Brüstung einer Kanalbrücke und trank meine Cola aus. Ich öffnete meine Tasche und schaute hinein, ohne irgendeinen Grund. Es war so laut. Lärmwogen zogen durch meinen Kopf, prallten zusammen wie Schafe in einem Laster und machten es schwer zu denken. Ich ging die Straße auf der einen Seite bis zum Ende entlang, sah in die Höfe, blieb überall stehen, betrachtete alles und ging dann auf der anderen Seite wieder zurück. Es war schmutzig, alle Farben Grau statt Grün, alles wirkte wie von einer Staubschicht überzogen. Ich hatte den Eindruck, ich müsste mir die Hände waschen, obwohl ich kaum etwas angefasst hatte.

Ich habe einmal über den Staub in der Londoner U-Bahn gelesen, es gebe ihn jede Woche tonnenweise und er sei vorwiegend aus menschlicher Haut. Ich wollte es nicht glauben. Aber jetzt fragte ich mich, ob es das war, was alles überzog – kleine Fetzen von all den Leuten, die ich schon gesehen hatte, und von all denen, die ich nicht gesehen hatte.

In diesem Moment, als ich gerade auf und ab ging und über den Staub nachdachte, bemerkte ich das kleine Mädchen in dem Eingang. Ich legte sie ab in meiner Erinnerungskiste für Leute, mit denen man nie redet. Ich vertrieb mir die Zeit, weil ich keine Ahnung hatte, wie es weitergehen sollte. Deshalb vielleicht wurde ich auf sie aufmerksam.

In einem Pub trank ich ein Bier. Der Mann hinter dem Tresen sah mich nicht an, fragte nicht, wie alt ich sei. Niemand sah mich an. Es war wie verhext, es war, als ob ich einen Tarnumhang gefunden hätte.

Es war das Gegenteil von Zuhause.

Das war es, wonach ich mich wochenlang gesehnt hatte, der blinde Fleck in einem Raum zu sein, das schwarze Loch im Universum, nicht da zu sein, völlig anstrengungslos.

So wollte ich für immer bleiben.

Später stand ich auf dem Gehweg vor dem Pub und versuchte mir klar zu werden, wo ich war. Ich weiß noch, dass ich mir einredete, die Straße wäre ein Fluss, gespeist von anderen kleinen Straßen, wie Bäche, die von den Hügeln hinabfließen, aber statt Wasser voller Autos und Fahrräder und Busse. Ich weiß noch, dass ich glaubte, ich hätte zu viel getrunken.

Auf der anderen Straßenseite verkündete ein schwarzes Plastikschild mit rosa Schrift *Kyprianos Hotel*. Das Schild hatte einen Riss und ein rundes Loch, als hätte jemand einen Tennisball oder einen Stein dagegen geworfen. Ich hatte die Hand in der Hosentasche und hielt all mein Geld fest. Ich konnte es mir leisten, vielleicht nicht für lange, aber mir war plötzlich unbedingt nach Schlaf zumute.

Ich hatte noch nie in einem Hotel übernachtet. Es machte nicht viel her, abgesehen von einem Stück Seife in einer Schachtel und einer Duschhaube aus Plastik und einem Badezimmer, wo man sich praktisch aufs Klo stellen musste, um die Tür zuzukriegen. Ich schloss nicht ab, es sah mich ja keiner. Ich war ganz und gar für mich alleine.

In diesem Moment tat es mir beinahe leid. Fast hätte ich mir eingestanden, einen Fehler gemacht zu haben. In letzter Sekunde schüttelte ich den Gedanken ab und richtete den Blick nach vorn.

Wenn ich nur gelernt hätte, das früher zu tun.

Ich konnte nicht schlafen, denn vor dem Fenster war zu viel Trubel – ein ganzes Sirenenorchester und Schreie und Schritte und Türenschlagen und Motorenlärm. Ich fragte mich, wie hier überhaupt jemand schlafen konnte. Ich starrte auf einen muschelförmigen Fleck oben in einer Ecke und dachte daran, ein neuer Mensch zu werden, mit nichts, dessen er sich schämen müsste, ohne Vergangenheit, nur mit Zukunft.

Ich dachte, wie merkwürdig ist es, an einem Ort vermisst zu werden und zugleich hier zu sein, an einem anderen Ort.

Zwei (Bohemia)

Ich wartete auf meine Mum. Das tat ich, warten. Ich drückte mit der Schuhsohle Muster in einen alten Kaugummi. Es waren über neunzehn Kaugummis auf der Gehwegplatte vor der Bar. Ich hatte sie gezählt.

Ich durfte nicht mit hinein, weil ich minderjährig war. Deswegen wartete ich draußen in der klirrenden Kälte in diesem dunklen Eingang. Sie war schon eine Ewigkeit da drin. Mr Thing und sie waren jetzt keine Freunde mehr, und damit hatte sie auch ihren Job verloren, und wir mussten aus der Wohnung raus. So geht das häufig, weil Mum gern alles auf eine Karte setzt, wenn sie einen Liebhaber hat.

Wir waren gekommen, weil sie ihren Lohn abholen wollte, und sie hatten dann noch einen schlimmen Streit, während ich draußen stand und ausgespuckte Kaugummis zählte und versuchte, nicht hinzuhören. Als sie rausgestürzt kam, war ihr Mascara zerlaufen und ihre Nase war rot, und sie war mitten in einem Satz über ihn, was er denn für ein Sonstwas wäre.

Dann sah sie mich, rieb sich mit dem Handrücken über die Nase und brachte ein Lächeln zustande. Sie hat hübsche Zähne, meine Mum, ganz gerade und klein. In meinem Mund sieht es ganz anders aus, da sind immer noch viele Lücken und Zacken, obwohl ich schon zehn bin. Hoffentlich kriege ich, wenn ich groß bin, mal Zähne wie sie. Hoffentlich geht es schnell.

»Gehen wir«, sagten Mums schöne Zähne. »Hauen wir was von seinem Geld auf den Kopf, so schnell wie möglich.«

Sie nahm mich bei der Hand, und wir gingen ganz schnell über die Straße, und ich glaubte, sie würde mir etwas sagen, was ich nicht hören konnte.

»Was?«, sagte ich, und als sie sich zu mir beugte, sah ich, dass sie schon ihr Handy rausgeholt hatte.

Wir hatten unsere Sachen gepackt, ehe wir zu Mr Thing gingen, weil Mum es vorausgeahnt hatte, und sie hatte ein paar Kleinigkeiten von ihm mitgehen lassen, Handtücher und Wein und so. Wir hatten unser Gepäck in einem Pub untergestellt.

Sie telefonierte rum und fand eine Wohnung, blitzschnell. So schlau ist sie.

»Was Kleines offenbar«, sagte sie, und dann fuhr sie sich mit der Zunge über die Lippen. »Als ob wir uns was anderes leisten könnten.«

Wir schleppten alles raus aus dem Pub und standen dann mit unserem vielen Gepäck vor dem Haus. Ich sah Mum an, mit ihrer großen schwarze Brille, in der sich die Sonne spiegelte, und einem kleinen Lippenstiftfleck auf ihren Zähnen, als sie lächelte. Ich konnte es ihr gar nicht mehr sagen, denn sie drückte schon ein paar Klingelknöpfe, und dann tauchte dieser Eidechsenmann in einer ausgebleichten Jeans im Untergeschoss auf.

Er stand da und redete mit ihr. Ich *schwöre,* er versuchte unter ihren Rock zu gucken. Ich wollte es ihr sagen, sie ein wenig beiseiteziehen, aber sie meinte nur: »Lass gut sein«, und lächelte dabei ein wenig schräg, deshalb schaute ich eben den Typen finster an. Er war der Vermieter, und ich mochte ihn anfangs nicht, dieses kriecherische alte Schuppengesicht namens Steve.

Im Hausflur roch es komisch, nach Kohl und Nudelsuppe und dann noch nach was anderem wie Waschpulver mit Blütenduft drin. Die Tür ging nicht richtig auf, weil ein großer Haufen alter Post drinlag. Steve trat ihn mit seinem Cowboy-Stiefel weg, und die Briefe flatterten über den ganzen Boden. Der Teppich hatte die Farbe von einem Kamel und sah aus, als ob ein Kamel ihn abgenagt hätte. Steve sagte, hier müsse »renoviert« werden, und als er das Wort aussprach, breitete er die Arme aus, als ob wir vor unseren Augen sehen würden, wie alles anders wurde, aber da war nichts. Ein Fahrrad lehnte an der Wand, ohne Vorderrad und Sattel. Ich musste an Dinosaurierknochen in der Wüste denken. Es war mit einer riesengroßen Kette an den Heizkörper gebunden.

»Das gehört Mick«, sagte er. »Er wohnt unter euch. Der Rest davon ist in seiner Küche.«

Gerade als wir die Treppe hochgingen, kam eine alte Dame zur Haustür herein. Nur ich drehte mich um und sah sie an. Ihr kleiner Hund begann all die Umschläge zu beschnüffeln und hob das Bein zum Pinkeln. Von dem Geplätscher musste ich lachen. Ich verriet nichts. Die alte Dame zwinkerte mir zu und kraulte den Hund und klimperte mit ihren Schlüsseln und ging in ihre Wohnung.

Unsere Wohnung war ganz oben. Steve trug eine von Mums Taschen, und sie trug eine von meinen. Ich schleifte meine andere Tasche mit beiden Händen nach oben, weil es leichter war, als sie zu tragen, und sie machte dieses Geräusch, kratz-wamm, kratz-wamm, auf jeder Stufe.

Geradeaus war ein Klo, praktisch sobald du reinkamst, tatsächlich war es ein Badezimmer, links eine Küche und ein Zimmer mit einem Bettsofa. Ich mag Bettsofas, weil sie ein Geheimnis sind und du ein Schlafzimmer haben kannst, wann immer du willst, tags oder nachts. Dieses hatte eine komische pflaumenartige Farbe, die nicht so hübsch war, aber es störte mich nicht, weil es größer war als unser altes und nicht so scharfe Kanten hatte.

»Was meinst du, Mum?«, sagte ich. »Es ist schon okay, oder?«

Sie sah mich stirnrunzelnd an, weil ich sie in aller Öffentlichkeit Mum genannt hatte, und dann sagte sie zu Steve: »Wir nehmen sie.«

Sie gaben sich die Hand. Und sie lachte dann so, wie sie nur für Jungs lacht, es klingt wie Steinchen, die oben auf einem Klavier landen.

Nachdem sie Steve das Geld und Steve ihr den Schlüssel übergeben hatte und gegangen war, schimpfte sie ein wenig. So nenne ich das, wenn sie wütend ist und redet, als ob sie vergessen hätte, dass ich da bin, oder als ob ich sonst wer sein könnte, oder irgendwas.

Sie sagte, hätte Steve das etwa mit »möbliert« gemeint – ein Scheißsofa, Müll im Abfalleimer, nicht mal ein Tisch, ein paar Teller –, ihr würde dazu jedenfalls ein anderes Wort einfallen. Sie konnte nicht fassen, wie tief sie gesunken war. Diese Wohnung sei schmutzig. Woher wüssten wir denn, dass er sie uns nicht einfach weitervermietete, während die Leute, die wirklich hier wohnten, bei der Arbeit waren?

»Huh«, sagte sie, es klang nach gequältem Lachen. »Stell dir vor, die kommen heim und sehen uns hier.«

Während sie schimpfte, machte ich unseren Mary-Poppins-Trick. Ich nenne ihn so, weil in dem Film etwas vorkommt, das ich wirklich mag, wo Mary eine Tasche aus Teppich hat und die voller Sachen ist, die du im echten Leben nie in eine Tasche reinkriegen würdest, Lampen und Blumentöpfe und so. Meine Tasche hat auch was davon. Es dauert ewig, sie auszupacken, und es sind alle möglichen Sachen zum Schmücken drin, bis sich eine Wohnung mehr nach Zuhause anfühlt. Was ich und Mum am meisten in dieser Tasche mochten, war ein faltbarer Stern aus Pappe mit ausgeschnittenen Löchern. Er war weiß, als wir ihn bekamen, und ich hab ihn vor Ewigkeiten angemalt, als ich ungefähr sechs war, und obwohl ich es nicht so toll gemacht habe, wollte ich nie, dass sie ihn wegwarf. Er passt auf die Glühbirne an der Decke und lässt alles aussehen wie eine Disco an Weihnachten. Nur gab es hier keine Glühbirne, es hing nur eine leere Fassung da, also sagte ich, ich würde gern in den Laden gehen und eine kaufen.

Mum war inzwischen im Badezimmer. Ich weiß, was sie da drin macht.

Die Straße war viel netter als die, in der Mr Thing wohnte, da gab es nur Mietshäuser und noch mehr Mietshäuser und dunkle Orte, wo ich nicht allein sein wollte. Erst mal war sie ruhig, nur am Ende rasten die Autos quer. Auf der anderen Seite war ein kleiner Park und halb die Straße entlang ein Pub. Der war ganz grün gefliest, wie ein Badezimmer. Die Häuser waren alle gleich und auf eine Art elegant. Ich machte langsam und spähte in alle Fenster. Du kannst auf diese Weise eine Menge über eine Gegend lernen, wer hier lebt und was für Sachen er hat. Zum Beispiel gibt es in manchen Wohnungen immer Bücher, eigentlich mehr, als du brauchst, und einige Häuser sehen aus, als ob sie in einer Illustrierten wären, mit den passenden Blumen und allem. Und manche haben Netzvorhänge, die älter sind als Mum und ich zusammen, und du kannst überhaupt nicht reinsehen, aber du kannst sehen, dass sie gewaschen werden müssen und dass keiner, der drin lebt, jemals ausgeht.

In unserer neuen Straße war es schwieriger, etwas zu sehen, weil die unteren Fenster noch unter dem Gehweg waren und die darüber zu hoch. In den Tiefgeschossen waren meist Blätter und Fahrräder und

Mülleimer und kaputte Stühle drin, außer in einem, da waren kleine Bäume, die so geschnitten waren, dass sie wie Eichhörnchen aussahen, aber da unten war nicht mal Platz, um sich umzudrehen.

Jedes Haus hatten sie in so viele Wohnungen aufgeteilt, dass es ein Wunder war, wo sie alle waren. Auf dem Rückweg in unser Haus las ich die kleinen Leuchtschilder an der Tür und versuchte, mir einen Reim darauf zu machen.

Untergeschoss war **S Robbins**, das war der echsengesichtige Steve.

Wohnung eins war **Davy**, die alte Dame mit dem pinkelnden Hund.

Wohnung zwei war wassergeschädigt, ganz braun und verschwommen, also konnte ich es nicht lesen.

Wohnung drei war **Wohnung drei**, sehr witzig, und es war die, wo der Rest des Fahrrads steckte.

Vier war jetzt unsere, aber es stand immer noch **Fatnani** da.

Das Erste, was ich tat, sogar noch vor der Glühbirne, war, ein kleines Stück Papier in der richtigen Größe aus einem Umschlag herauszuschneiden. Ich schrieb CHERRY & BOHEMIA drauf, zeichnete ein paar Funken und Feuerwerksraketen und klebte es dann unten neben den Knopf für Nummer vier.

Cherry ist der Name meiner Mutter. Ich soll sie jetzt so nennen, weil das Wort MUM ihr das Gefühl gibt, alt zu sein. Cherry findet es toll, wenn manchmal einer fragt, ob wir Schwestern seien. Sie weiß, dass es nicht ernst gemeint ist, und der Typ weiß, dass sie es nicht für ernst nimmt, aber trotzdem tun alle so als ob. Das hat sie mir gesagt. Sie sagte: »Die Männer, mit denen ich was hab, sind Arschlöcher.«

Wann ich sie am liebsten mag, das ist an manchen Sonntagnachmittagen. Wir bleiben in unseren Schlafanzügen, gucken fern, wenn wir einen Fernseher haben, und essen, was wir wollen, im Bett. An manchen Sonntagen sieht sie mich an, als ob sie mich die ganze Woche nicht gesehen hätte.

Steve, der Vermieter, lieh uns einen Besen und ein paar Mülltüten und wir machten sauber. Mum versprühte ein bisschen Parfüm, deshalb roch die ganze Wohnung dann nach ihr. Als er kam, um seine Sachen zurückzuholen, fragte er Mum, ob sie Lust hätte, was mit ihm trinken zu gehen, nur unten an der Straße in dem Pub, der aussah wie ein Badezimmer.

»Du darfst auch mit, wenn du magst, junge Dame«, sagte er zu mir. »Kriegst eine Limonade und eine Packung Chips.«

Mum sagte, ich solle ruhig hierbleiben. »Es macht dir doch nichts aus, Bo, wenn ich mal kurz weggehe, oder?«

Mir war es recht. Ich mag es, irgendwo neu zu sein, weil es eine Menge zu tun und anzusehen und drüber nachzudenken gibt, und es dauert länger als sonst, bis es dich stört, dass du allein bist. Mum gab mir ein Pfund für Pommes, falls ich Hunger kriegte, und sagte, sie würde nicht lange weg sein. Ich steckte das Geld in meine Tasche und bereitete schon mal das Sofa für später vor. Ich packte meine Kleider aus und tat sie auf zwei wirklich ordentliche Stapel unter dem Fenster. Dann spielte ich Snake auf Mums Handy und machte ein paar Anrufe – keine richtigen, denn wenn ihr dann das Geld ausging, bekam ich Ärger, und außerdem, mit wem konnte ich schon telefonieren? Ich tat so, als wäre ich sie, wenn sie dran ist, da redet sie ganz ruhig und kaut an ihren Nägeln und sagt Sachen wie: »Echt jetzt!« und »in zehn Minuten« und »Bist du heute Abend weg, oder was?«.

Ehe sie ging, zeigte ich ihr die Karte, die ich für den Hauseingang gemacht hatte. Sie mochte sie. Sie sagte, sie würde sie mitnehmen und sie an unsere Klingel stecken. Vielleicht würde es niemandem auffallen. Aber zumindest zeigte es, dass wir da drin am Leben waren.

Drei (Sam)

Schneller, als ich gedacht hatte, kam mein neues Leben in Gang. Zuerst fand ich einen Job, Regale einräumen in einer Art Laden für alles, der rund um die Uhr offen hatte. Ich war eigentlich nur wegen einer Tüte Milch reingegangen.

Nach den Regalen zu schließen, die ich am häufigsten einräumte, würde ich sagen, die meisten Leute kamen wegen Heineken und Fünfliterbomben Apfelwein. Die Arbeitszeiten waren merkwürdig, und ständig waren Betrunkene da. Ich gab mich unauffällig. Niemand stellte mir irgendwelche peinlichen Fragen, sie wollten keine Papiere sehen und gaben sich genauso wenig Mühe wie ich, einen auf Freundschaft zu machen.

Und ich fand eine Unterkunft.

Meine Wohnung in der Georgiana Street 33 war die dritte von fünf Klingeln. Alle anderen Klingeln hatten einen Namen, nur meine nicht, und kein Name war mir gerade recht. Ich habe sie an einem Schwarzen Brett draußen vor einem Kiosk gefunden. Ein Typ kam raus, während ich dastand, und pinnte eine Postkarte dran. Ich sah ihm nach, wie er wieder in den Laden ging, ehe ich sie las.

Fast eine Woche lang hatte ich mein Geld für dieses

Hotel zum Fenster rausgeworfen. Ich konnte es mir nicht leisten, und nach Hause zurückgehen konnte ich auch nicht. Ich wollte nicht einer von denen sein, die nach London gehen und dann am Ende, ehe sie sich's versehen, auf der Straße schlafen. Auf der Karte stand: EINZIMMERWOHNUNG. SCHÖNER BLICK. GÜNSTIG. NICHT ÜBER SOZIALAMT. U-BAHN 2 MIN. KAUTION.

Ich rief die Nummer von einer Zelle aus an, in der es so widerlich stank, dass ich die Tür mit dem Fuß offen halten musste. Ich stand bereits an der Ecke zu meiner neuen Straße.

Der Vermieter hieß Steve. Er wohnte im Untergeschoss. Seine Haut hatte die gleiche leblose Maserung wie seine Lederjacke. Er machte den Begrüßungsrundgang, das heißt, dass er mir das Gemeinschaftsbad und den Schrank unter der Treppe zeigte, wo mein Stromzähler war, während ich dauernd die Falten und Runzeln seiner Wangen anstarrte.

Das Geld für den Strom musste ich gleich bezahlen und auch die Miete, die weit unter der üblichen lag, wie Steve mir nicht müde wurde zu erklären, und die er in bar in einem braunen Umschlag haben wollte, ich vermute, damit er sie unter seine Matratze stopfen konnte und keinem etwas sagen musste. Ich gab ihm die Hälfte von allem, was ich in meinem Leben gespart hatte, als erste Monatsmiete. Das ganze Haus wirkte ziemlich runtergekommen, aber es fühlte sich so gut an, dass ich die Tür meines eigenen Zimmers abschließen und mich mit dem Rücken dagegen lehnen konnte. Vielleicht war es eben das, was ich mir mit dem Geld zu machen erträumt hatte.

Die Wohnung hatte eine kleine Küche und ein größeres Zimmer für alles andere, zum Essen und Lesen und Sitzen und Denken und Schlafen. Die Dielen waren fett mit schwarzer Lasur gestrichen, in der sich allerlei verfangen hatte, Haare und Flusen und scharfkantige Klumpen, wie Käfer in Bernstein. Es gab zwei große Fenster, sie reichten vom Boden bis zur Decke und ließen die ganze Nacht das Straßenlicht und die Geräusche hereinfluten. Bei Lärm und Licht bist du nie allein, nicht ganz jedenfalls.

Von meinen Fenstern aus konnte ich direkt in andere Fenster sehen, weiter über das Gewinkel der Dächer und in den Turm einer griechisch-orthodoxen Kirche und hinunter auf die Straße. Eine ganze Zeit lang sah ich mir alles an.

Ich brauchte etwa eine Woche, um mich beim Aufwachen zu erinnern, wo ich war.

Am ersten Tag putzte ich die Wohnung. Ich fand einen gefalteten Zettel zwischen den Dielen, auf dem stand: *Bitte lass mich für immer in diesem Haus bleiben, bitte lass mich, bitte.* Die Handschrift war klein und spitz und deutlich, alle Wörter waren zu einer Art langem Wort verbunden. Ich faltete ihn wieder zusammen und steckte ihn dahin zurück, wo ich ihn gefunden hatte, und wer auch immer ihn geschrieben hatte, es tat mir leid, dass er nicht bekommen hatte, was er wollte. Es tat mir leid für ihn, dass ich jetzt hier war.

Als alles sauber war, packte ich meine Tasche aus, was

praktisch nur zehn Sekunden dauerte. Zwei T-Shirts, drei Paar Socken, eine Jeans zum Wechseln, Zahnbürste, Zahnpasta und Seife, noch ein Pulli, die Schuluniform, die ich ausgezogen hatte, mein kartenloses Handy und zwei unlesbare Bücher, die Max gehörten und die ich schon lange hätte zurückgeben müssen.

Am zweiten Tag hängte ich Bettlaken an die Fenster, aber sie fielen ständig herunter, deshalb gab ich auf und lernte, in einem Goldfischglas zu leben, unbekümmert wie alle anderen.

Am dritten Tag fand ich raus, wie der kleine Herd funktionierte. Die Kochreste anderer Leute brannten von den roten Platten herunter und erfüllten das Zimmer mit heißem, stickigem Qualm.

Am vierten Tag, frühmorgens, hatte jemand über mir einen Wutanfall. Dauernd flogen Sachen an meinen Fenstern vorbei auf die Straße hinunter. Kleider fallen anmutig und landen stumm, Besteck ist etwas lärmiger.

Am fünften fiel der Strom aus, als ich gerade in der Dusche war, weil ich vergessen hatte, meinen Zähler aufzuladen.

Am sechsten überraschte ich jemanden im Gemeinschaftsbad. Es war nur ein Schatten hinter einem Vorhang, aber er schrie.

Am siebten aß ich zum vierten Mal in dieser Woche Toast und Tomatencremesuppe, und ich dachte an zu Hause und dass ich nie dorthin zurückgehen würde.

Am achten Tag regnete es. Ich sah die Pfützen auf der Straße anschwellen. Warum musste ich dabei an mich und Max denken, wie wir noch bis spät in der Schule blieben? Ich wollte es nicht. Schuld daran waren der Regen und die Bücher an meinem Bett.

Max war Schachklub und ich war Fußball. Schach kann ich nicht, und er ist als Fußballer unmöglich. Mum fuhr ihn nach Hause über das windzerzauste Gemeindeland, das schmutzig gesprenkelt war von Schafen und verfaultem Farnkraut. Das Haus stand an der Wegbiegung, ein L-förmiges Farmhaus mit Gänsen und Hunden und Schlamm im Hof. Es hatte geregnet, und Wasser flutete auf dem Weg den Hügel herunter auf uns zu, die Windschutzscheibe war blind von den Schmutzlachen.

Wir gingen über den Hof zur Haustür, während Mum den Wagen wendete. Er klopfte nicht an. Wir gingen einfach rein und ließen unsere Schuhe drinnen an der Tür. Im Haus war es warm, und es roch nach Zimt, es war golden und orange gegen das Grau draußen. Ich folgte ihm in die Küche, und da war seine Mum, sie wärmte sich am gusseisernen Herd wie eine Katze.

Max' Mutter hielt nicht viel von mir. »Hallo«, sagte sie, und Max ignorierte sie so ziemlich, aber ich sah sie an und lächelte, weil ich sie schlecht ignorieren konnte, sie gehörte ja nicht zu meiner Familie. Sie hatte nasse Haare, Wasser tropfte in den Stoff ihres Nickis wie in Löschpapier.

Max nahm sich zwei Äpfel aus der Obstschale und bot mir über den Tisch hinweg einen an. Ich schüttelte den Kopf, also hielt er ihn ihr entgegen, und sie nahm ihn und biss kräftig hinein. Es herrschte Stille zwischen uns dreien, und es war unbehaglich.

»Wart hier«, sagte Max plötzlich, ohne mich anzusehen. »Ich hol nur schnell dieses Ding.«

Ich hatte keine Ahnung, wovon er redete.

Ich blieb, wo ich war, während er die Treppe hinaufging und das Zimmer über unseren Köpfen durchquerte. Ich lauschte der Wanduhr und dem Summen des Kühlschranks. In meiner Socke war ein Loch.

Max' Mutter redete nicht mit mir. Sie aß ihren Apfel auf. Sie machte ein Hohlkreuz und streckte die Arme in die Luft. Ich sah die Haut an ihren Hüften, über ihren Jeans, unter dem Saum ihres Pullis. Dann wandte sie mir den Rücken zu und füllte eine Pfanne bei der Spüle, fing an, Karotten zu hacken. Ich war Luft für sie. Ich hätte ein Geist im Zimmer sein können.

Ich war froh, als Max mit dem Ding zurückkam – einem Buch, über das er im Auto gesprochen hatte, etwas Kompliziertem über Leben auf anderen Planeten. Diesem Buch zufolge gab es so viele Galaxien und Universen da draußen, dass es, selbst wenn die Chance auf Leben nur eins zu einer Milliarde stand, immer noch auf einer Milliarde Planeten davon wimmeln könnte. Als er es mir gab, sah uns seine Mutter an und lachte kurz in sich hinein. Sie wusste, dass ich es nie lesen würde. Ich sah schon am Umschlag, dass ich auf der ersten Seite hängen bleiben und es nie wieder anrühren würde.

Aber Max wollte, dass ich nicht mit leeren Händen wegging, und wenn es kein Apfel war, dann eben ein Buch, also nahm ich es. Ich hielt es am Rücken fest und blätterte die Seiten mit dem Daumen durch. Mum hupte draußen auf dem Hof, und ich sagte, ich müsse gehen, und Max' Mutter verließ die Küche.

»Wir sehen uns, Alter«, sagte ich, und Max sagte »Bis dann«, und sie sagte nichts.

Als ich an der Tür meine Schuhe anzog, kam er aus der Küche gerannt. Seine Socken machten psch!, psch! auf den Dielen.

»Nimm das hier auch mit«, sagte er. Er war außer Atem.

»Noch ein Buch«, sagte ich.

»Die Ameisenkolonie«, sagte er, mit einer Stimme, wie man sie im Kino hört. »Von Dr. Bernard O. Hopkins.«

Ich lachte. »Danke, Max.«

»Es ist genial«, sagte er und sah das Buch an, nicht mich. »Ein echter Hammer.«

Es war ganz typisch für Max, so über ein Ameisenbuch zu reden, als ob es ein Krimi oder so was wäre.

Ich sagte: »Bestimmt ein totaler Reißer.«

Er nickte, als ob das die richtige Antwort wäre, und er stand im orangenen Licht des Eingangs und sah mir nach, während ich zum Auto ging.

Auf der Heimfahrt sprachen Mum und ich über die Bücher, die Max mir gegeben hatte. »Ameisen?«, sagte sie. »Na, was für eine Überraschung.« Weil Max vernarrt in sie war, wie organisiert sie waren, wie viele davon es vielleicht gab, wie sie alle zusammenarbeiteten wie ein einziges Tier. Max hatte mir vor langer Zeit gesagt, auf sie hinunterzusehen gebe ihm das Gefühl, er sei ein Riese, der über der Erde aufrage.

Ameisen, das war unser Ding, als wir sieben und acht und neun waren. Max wollte gar nichts anderes machen. Ich war so eine Art Gehilfe des genialen Professors. Wir buddelten und fotografierten und maßen. Wir spürten ihnen nach und stoppten ihre Zeiten und beobachteten sie. Wir sammelten sie in Flaschen. Max legte Exemplare in Essig ein und bewahrte sie im Gartenschuppen auf. Er konnte vergessen, wo wir waren und sogar wer ich war, und alles drehte sich nur um Ameisen.

Als wir älter wurden und alle Fußball spielen und mit Autos übers Gemeindeland fahren und uns besaufen und am Fluss unten vor den Mädchen angeben wollten, da fand Max immer noch Ameisen spannend. Für seinen Ameisentick gab es keine Heilung.

Ich zeigte Mum das andere Buch. Ich sagte: »Meinst du, diese Idee mit dem Leben auf anderen Planeten kommt vom Ameisenbeobachten?«

»Was meinst du damit?«

»Na ja, Ameisen sind irgendwie merkwürdig, wie aus dem Weltall, und Max hat mir schon mal gesagt, er glaubt, dass Menschen genau wie Ameisen sind, sogar noch winziger, wenn man das ganze Universum bedenkt.«

»Sehr wissenschaftlich.« Mum lächelte mich an. »Seine Hirnzellen färben irgendwie ab.«

»Lass stecken, Mum«, sagte ich.

Sie sagte: »Mir wird schwindlig, wenn ich nur an das Leben auf diesem Planeten denke, da muss ich nicht noch irgendwo anders nach welchem suchen.«

Wir fingen dann an, uns intergalaktische Pauschalreisen auszumalen, wir stellten uns eine Zeit vor, in der alle von Weltraumreisen gelangweilt waren, weil sie zu bequem waren, weil alle es taten, weil es einfach nicht cool war. Ich sagte, Max könnte vielleicht jemanden mit gleichem IQ auf dem Planeten Zargon finden.

Mum sagte: »Auf welchem Planeten wird er seine Fähigkeit finden, mit Leuten umzugehen?«

Sie sagte das, weil Max einer von diesen klugen Menschen ist, die gleichzeitig so ziemlich die schüchternsten und unbeholfensten sind, die man überhaupt treffen kann. Das missverstehen die Leute häufig einfach als Unhöflichkeit.

»Er hat mit dir geredet«, sagte ich zu Mum. »Das ist schon mal ein Anfang, oder nicht?«

»Wann hat er mit mir geredet?«, sagte sie.

»Heute, im Auto, über das Buch.«

»Nein«, sagte sie, »er hat mit dir geredet.«

Ich lächelte Mum an. »Er hat mit *dir* geredet. Er hat *mich* angesehen.«

»Siehst du?«, sagte sie. »Mit Leuten umgehen können. Woher willst du das eigentlich wissen?«

»Ich kenne Max«, sagte ich. »Kenne ich ihn nicht schon mein ganzes Leben lang?«

Ich erklärte ihr, dass Max in der Schule anders sei, im Unterricht jedenfalls. Im Unterricht sprach Max nicht in Sätzen – er sprach in ganzen Absätzen.

»Also mit mir jedenfalls nicht«, sagte Mum. »Ich bin froh, wenn ich eine Silbe kriege.«

Ich sagte: »Es gibt Leute, die meinen, eine Silbe

würde genügen. Wie Max' Mutter. Sie redet kaum mit mir.«

»Hör mir bloß auf mit dieser Frau«, sagte Mum. »Weiß Gott, was sie gegen dich hat. Ich hab keine Ahnung.«

»Was auch immer«, sagte ich und blickte aus dem Fenster in den Regen und dachte an etwas anderes. Etwa an Rosie, dieses Mädchen in der Schule, dem ich gefallen wollte. Und an Mr Hanlan, den Erdkundelehrer, der Gefängniswärter hätte werden sollen, und ob er merken würde, dass ich die Hausaufgaben bei Max abgeschrieben hatte, und was er dann tun würde. Und was ich essen würde, wenn ich nach Hause kam, weil ich totalen Hunger hatte.

Ich beobachtete mich selbst in diesem Auto, meinen Kopf an das Fenster voller Regentropfen gelehnt, und dachte an eine Menge Nichts. Ich sah mir zu von da, wo ich saß, in einem Zimmer in Camden mit schwarzen Dielen, und ich dachte, wenn du wüsstest, wann dein Leben anfängt, falsch zu laufen, würdest du es ändern, ehe es zu spät wäre?

Vier (Bohemia)

Die alte Dame mit dem Hund hieß Isabel. Mir kam sie okay vor. Mum hat mir gesagt, ich solle mich vorsehen, weil solche Leute nie ohne Grund nett seien.

Ich war vorsichtig, aber gerade als ich an ihrer Tür vorbeiging, sagte sie: »Komm doch mal rein, wer du auch bist.«

Es war, als ob du an einer Telefonzelle vorbeiläufst, und da klingelt es. Das wollte ich immer schon mal erleben. Und dass dann der Anruf wirklich für mich ist.

Sie war in der Küche. »Hilf mir, den Deckel von diesem blöden Joghurt runterzumachen«, sagte sie. »Das blöde Zeug soll gut für einen sein, aber der ganze Ärger damit bringt mich noch um.«

Sie hatte die Kneifzange herausgeholt und alles. Sie hatte versucht, den Becher an der Seite aufzureißen, weil sie nicht sehen konnte, wo der Deckel abzuziehen war. Ich zupfte ihn in etwa drei Sekunden auf. Zuerst schien sie sauer deswegen, und dann lachte sie.

»Ich bin Isabel«, sagte sie. »Ich hab deinen hübschen Aufkleber an der Tür gesehen. Heißt du Cherry oder Bohemia?«

»Bohemia.«

»Wo hast du denn so einen Namen her?«, fragte sie.

Ich zuckte mit den Achseln. »Die meisten Leute nennen mich Bo.«

»Also wenigstens nichts mit Obst«, sagte sie ein bisschen leise vor sich hin, damit ich es nicht hörte, aber ich hörte es trotzdem. »Cherry ist der richtige Name deiner Mutter, oder?«

»Ich glaub schon«, sagte ich, weil mir nie jemand diese Frage gestellt hatte.

»Cherry Chapstick?«

»Nein, Cherry Hoban«, sagte ich.

Sie löffelte ihren Joghurt jetzt in eine Schale. Ich sah ihr zu, also fragte sie mich, ob ich etwas abhaben wollte, und reichte mir den Becher mit dem Rest. Sie fragte mich, wie alt ich sei, und ich sagte, ich sei zehn.

»Warum bist du nicht in der Schule, Bohemia Hoban?«, fragte sie.

Mir gefiel es, dass sie meinen ganzen Namen benutzte. Es gab mir das Gefühl, jemand Wichtiges zu sein. Ich sagte, ich würde zu Hause unterrichtet, denn das sagt Mum immer.

Isabel stemmte die Hände in die Hüften und schnalzte mit der Zunge und sagte: »Und bei welcher Lektion seid ihr denn gerade?«

»Joghurt aufmachen«, antwortete ich, und sie lachte.

Sie sagte, Hausunterricht zu bekommen hieße viel mehr, als im Haus rumzulaufen und zu warten, bis meine Mum aufwache.

»Sie ist wach«, sagte ich, was tatsächlich stimmte.

Sie sagte: »Wenn deine Mum einen Schimmer hätte, was es mit Hausunterricht auf sich hat, wärst du im Nu unten in der hiesigen Grundschule. Hausschwänzen, das ist es, was du tust.«

Verstehst du? Deshalb mochte Mum Isabel nicht.

Ich sah sie nicht an, obwohl ich wusste, dass sie mich ansah. Ich aß noch ein wenig Joghurt, ehe sie den Becher zurückverlangen konnte.

»Du kennst uns alle schon?«, sagte sie.

»Ich hab Sie und den Vermieter mit diesem Gesicht getroffen.«

»Das ist Steve«, sagte sie. »Starr ihn nicht an. Es war ein Unfall mit einem Gesichtspeeling.«

Ich fragte sie, was das sei, und dann bereute ich es, weil es etwas damit zu tun hatte, dass man seine alte Haut mit einer Säure wegätzt.

Ich gab ihr den Becher zurück. »Warum macht jemand so was?«, fragte ich.

Sie sagte mir, ich solle die Macht des Altwerdens nicht unterschätzen oder so. »Frag deine Mutter«, sagte sie. »Beobachte sie genau, wenn sie vierzig wird.«

Ich fragte sie, wen man sonst noch treffen könnte.

»Also, da wäre noch Mick – Bart, Rad, Körpergeruch. Hast du ihn schon gesehen?«

»Nee.«

»Da hast du aber Glück gehabt.« Sie blickte zur Decke. »Die Wohnung über mir ist leer, aber das wird nicht lange so bleiben.«

»Was ist mit Ihrem Hund?«, sagte ich, und ich fragte sie, wie er hieß.

»Matte«, sagte sie. »Wo ist Fußmatte?«

Ich lachte. »Matte«, wiederholte ich. »Ich weiß nicht,

wo er ist, ich hab ihn nicht gesehen. Nur das eine Mal, als er gepinkelt hat.«

»Er ist immer am Pinkeln«, sagte sie. »Er wär gern ein Macho. Geh und sieh in seinem Körbchen nach, bitte. Es ist neben meinem Bett. Man muss ihn morgens manchmal rauswerfen, ihm sagen, wer der Chef ist.«

Als ich aus dem Zimmer war, rief sie mir nach. »Ich mach dir einen Toast.«

Matte lag eingerollt in seinem Körbchen, das Gesicht in seinem Bauch versteckt. Er wedelte ein bisschen mit dem Schwanz, nur mit der Spitze, und streckte sich, als ob ihm alles wehtun würde. Ich hob ihn hoch und trug ihn in die Küche.

»Verwöhn meinen Hund nicht«, sagte Isabel. »Lass ihn seine Beine benutzen, sonst weiß ich nicht, wie das noch enden soll.«

Ich setzte den Hund ab, und er legte sich in die Ecke und versteckte sein Gesicht wieder in seinem Bauch. Man konnte wirklich nicht sagen, wo bei ihm vorn und hinten war, er war so eine Art Donut-Hund.

»Was arbeitet denn deine Mum?«, fragte Isabel. Sie stand mit dem Rücken zu mir, während sie das Brot schnitt.

Ich sagte, sie sei gerade »auf Stellensuche«, weil ich mag, wie das klingt, ganz erwachsen. Sie hätte ein Bewerbungsgespräch im Pub unten an der Straße, und sie würde sich gerade dafür bereit machen. »Sie war gestern Abend dort, und der Mann hat ihr einen Job angeboten, einfach so.«

»Wundert mich nicht gerade. Du kannst ihr sagen,

dass ich immer babysitten kann, wenn sie jemanden braucht.«

»Ich brauch keinen Babysitter. Ich kann allein auf mich aufpassen«, sagte ich.

»Nun ja, nicht wenn du zehn bist, Liebes, das ist eigentlich nicht erlaubt. Aber du weißt ja, wo ich bin.«

Da erklärte ich ihr die Vorschriften fürs Babysitten, weil ich sie einmal in einer Bücherei rausgefunden hab, um sicherzugehen. Die Vorschriften sind, dass du dein Kind allein daheim lassen darfst, wann immer du willst, solange du in fünfzehn Minuten nach Hause kommen kannst und es gut auf sich selbst aufpassen kann und vernünftig ist und deine Telefonnummer irgendwo hat. Da ich nun mal sehr vernünftig bin und der Pub gleich unten in der Straße war, würde ich gar keinen Babysitter brauchen. Das war es, was ich ihr sagte.

Mir glaubt nie jemand. Isabel glaubte mir auch nicht. Sie kritzelte ihre Telefonnummer auf einen Zettel, und dann musste ich sie auswendig lernen und sie ihr, ohne zu gucken, aufsagen, und dann fragte sie mich, was ich auf meinem Toast haben wollte.

»Irgendwas.«

Sie fragte mich, ob ich gut geschlafen hätte. »Sehr gut, danke. Mum und ich haben geschlafen wie Murmeltiere.« Ich flehte insgeheim, dass sie Mum nicht gehört hatte, wie sie um vier Uhr morgens nach Hause kam. Ich weiß, dass es vier war, weil sie dabei so viel Lärm gemacht hat. Ich glaube, sie ist gestolpert, und wer auch immer bei ihr war, konnte im Dunkeln nicht genug sehen, um ihr aufzuhelfen. Ich glaube, es war Steve.

Ich sagte: »Mum?«, und richtete mich im Bett auf, um zu sehen, was los war.

Mum sagte: »Schhh, schlaf weiter, es ist vier Uhr morgens.« Deswegen nämlich weiß ich es.

Sie gingen in die Küche und setzten sich auf den Boden, und Steve muss sehr lustig gewesen sein, weil Mum immer nur lachte und lachte. Vielleicht hat er Mum von seinem Gesichtspeeling erzählt.

Ich lächelte Isabel an, als ich log, ohne einmal zu blinzeln, und sie lächelte genauso zurück, also wüsste sie es vielleicht oder vielleicht auch nicht, aber keine von uns würde etwas sagen.

Sie legte einen Stapel Toasts auf den Tisch. Isabel buk ihr eigenes Brot. Es war voller Klumpen und Stückchen, aber es war nicht so schlecht, wie es sich anhört.

Ich war etwa bei meinem fünften Brot, als ich Mums Schuhe auf der Treppe hörte. Sie kam vorsichtig herunter wegen der Absätze. Ich konnte sie mir vorstellen, wie sie steif und ein wenig schräg ging und sich mit den Händen an der Wand abstützte. Ich streifte mir die Krümel von der Brust, und Matte sprang auf und fing gleich an, sie aufzusaugen, wie ein lebendiger, japsender Staubsauger. Er folgte mir, als ich zur Tür ging und den Kopf rausstreckte. Vielleicht glaubte er, ich würde eine Krümelspur hinterlassen.

»Was machst du da drin?«, sagte Mum. Sie sah hübsch und wichtig aus, und du konntest ihr überhaupt nicht ansehen, dass sie zwei Nächte hintereinander weg gewesen war.

»Ich besuch nur Isabel.«

»Ach ja?«, sagte sie, und sie kam in die Wohnung und trat fast auf den Hund. »Ach, Mist!«, sagte sie und »Verzeihung, Hund«, als sie in die Küche ging.

»Er heißt Matte, das ist lustig«, sagte ich, aber ich lachte alleine.

»Hallo, Isabel«, sagte sie, und sie hörte sich in der kleinen Küche richtig laut an. »Ich bin Cherry. Bos Mutter. Stört sie auch nicht? Ist es okay, wenn sie hier ist?«

»Ich hab sie eingeladen«, sagte Isabel. Richtig lächeln tat sie dabei nicht.

»Nun, das ist nett von Ihnen«, sagte Mum. »Ich bin dann mal weg. Vorstellungsgespräch. Dauert nicht lange. Drückt mir die Daumen.«

Ich umschlang sie an der Hüfte, und sie lächelte ganz nett und gab mir einen Kuss, wie sie es immer tut, wenn sie an ihren Lippenstift denkt, ganz sanft und unmerklich, wie ein Lidschlag oder ein Schmetterling.

Mum war schon halb draußen, als Isabel ihr nachrief, ob sie mir außer dem Frühstück auch noch das Mittagessen bereiten sollte. Es klang ein wenig scharf, wie sie es sagte, und ich bekam ein schlechtes Gewissen, weil ich so viel Toast gegessen hatte.

»Nicht nötig«, sagte Mum, klackerte wieder herein und sah mich streng an. »Bis dahin bin ich zurück. Und Bo hat Geld fürs Mittagessen, stimmt doch, Schatz?«

Ich schüttelte den Kopf. Es war still und niemand rührte sich. Ich zählte bis drei. Dann öffnete Mum ihr Portemonnaie und drückte mir einen zerknüllten Fünfer in die Hand. Er war weich und alt wie ein Stück Stoff. Ich strich ihn glatt und sah ihn genau an. Ich wusste nicht, was ich davon halten sollte. Normalerweise bekam ich nie so viel allein fürs Mittagessen.

Mum sagte, ich solle nicht alles auf einmal ausgeben, und dann: »Na, dann komm und gib mir einen Abschiedskuss.«

Ich folgte ihr zur Tür. Sie nahm mir den Fünfer wieder ab und steckte ihn zurück in ihr Portemonnaie. »Tut mir leid, Bo«, sagte sie. »Das ist alles, was wir haben. Ich bin nicht lange fort. Ich bring dir ein Sandwich oder so mit.«

Und dann war sie weg.

Als ich wieder reinging, tat ich, als würde ich das Geld in meine Tasche stecken. Ich wollte nicht, dass Isabel auf irgendwelche Gedanken kam.

Fünf (Sam)

Die alte Dame im Erdgeschoss war ein Nachtvogel und ihr Hund auch, wahrscheinlich durch Gewöhnung und nicht freiwillig, denn sie führte ihn mitten in der Nacht spazieren. Ich weiß es, weil ich ihr deshalb begegnet bin, an meinem achten Tag. Jemand hatte sie um halb fünf Uhr früh aus dem Haus gesperrt. Jedenfalls nahm ich ihr das ab. Sie war der erste Mensch, der in meinem neuen Leben mit mir redete.

Gleich um die Ecke war ein Park. Ich gewöhnte mir an, ihn einen Park zu nennen, aber in Wirklichkeit war er eine Grasnarbe mit zwei Bänken und ein paar Büschen drauf und einem Abfalleimer für Hundescheiße. Außerdem war es ein offener Umschlagplatz für Crack. Das habe ich von Isabel erfahren, aber ihr war es offensichtlich egal. Dort war sie in dieser Nacht, in der ich sie reinlassen musste. Sie warf Steinchen gegen mein Fenster. Ich glaubte zuerst, ich würde es nur träumen.

»Hey!«, sagte sie, in einem Flüsterton, der eher laut war. »Landei! Komm runter und mach die Tür auf.«

Ich musste mir etwas überziehen. Die Stufen fühlten sich kalt und sandig an, und ich sah kaum etwas. Ich dachte, vielleicht schlafe ich ja noch. Da stand sie an der

Tür, als ob ich drei Stunden zu spät gekommen wäre, um sie abzuholen.

»Kämmt sich denn keiner mehr die Haare?«, sagte sie.

Dass jemand mit mir redete, war ein merkwürdiges Gefühl, als ob ein Scheinwerfer mich blendete.

»Wie lange bist du schon hier?«, sagte sie.

Ich musste mich räuspern, um sprechen zu können, meine Kehle schien eingerostet. »Ich bin gerade aufgestanden«, sagte ich.

»Nein, Einstein, wie lange *lebst* du schon hier?«, sagte sie.

»Oh. Zehn Tage ungefähr.«

»Ich hab dich noch gar nicht gesehen«, sagte sie, als hieße das, ich würde lügen. Sie tastete nach ihrem Ersatzschlüssel auf dem Türrahmen, war aber zu klein, um ganz nach oben zu kommen.

»Jedenfalls war ich hier«, sagte ich. »Allein für mich.« Ich holte den Schlüssel für sie herunter.

Sie musterte mich von Kopf bis Fuß und lachte auf. »Rosa-Lungen-Krankheit.«

»Wie bitte?«

»Rosa-Lungen-Krankheit. Wisst ihr jungen Leute denn gar nichts mehr?«

Sie erzählte mir von einem Polizisten, der bei Anbruch des Automobilzeitalters aus seinem Dorf wegversetzt wurde, um den Verkehr in Piccadilly zu regeln. Er war nicht gut im Verkehrregeln. Niemand war es, denn es war etwas Neues. Der Polizist wurde von einem Wagen angefahren und starb. Der Arzt, der ihn aufschnitt, hatte noch nie gesunde rosa Landlungen gesehen. Er war an Stadtlungen gewöhnt, schwarz und teerig, also sagte er, das sei die Ursache. Rosa-Lungen-Krankheit. Und doch nicht das Auto, das ihn überfahren hatte.

Während sie sprach, schaute sie mich unverwandt an. Sie war der erste Mensch, der mich ansah, seit ich hier war. Es war mir deutlich bewusst.

»Du hast die schöne Haut von Menschen vom Land«, sagte sie. »Die strahlt richtig.«

»Danke«, sagte ich, denn ich wusste nicht, was sonst darauf antworten.

»Mit solch gesunder Haut fällst du auf wie ein bunter Hund.«

»Stimmt nicht«, sagte ich.

»Leg den Schlüssel für mich zurück, sei so nett«, sagte sie, und ich hob den Arm und legte ihn auf den Türrahmen. Meine Uhr fiel ihr auf. Sie hat ein dickes Band. Ich trage sie immer. »Wie spät ist es?«, fragte sie.

»Vier Uhr sechsunddreißig.«

»Nun, was machst du eigentlich hier um diese Zeit?«, sagte sie, und sie schickte mich zurück in mein Zimmer und schloss die Tür hinter sich, als ob sie vergessen hätte, dass ich nur ihretwegen da war.

Ich konnte nicht mehr einschlafen. Jemand in der Wohnung über mir setzte einen Kessel Wasser auf. Ich hörte, wie der Stecker eingestöpselt wurde, der Kippschalter auf AN klickte, der Wasserkocher auf der Küchenplatte bollerte. Ich hörte irgendwo einen Wecker siebzehneinhalbmal piepsen und dann verstummen. Ich hörte das Scharren und Gurren von Tauben, die auf dem Fenstersims erwachten.

Ich stellte mir die Wände und Decken und Böden vor, die alle in ihren Kästchen voneinander trennten. Wie schmal die Zwischenräume waren, überlegte ich, und was in ihnen stecken könnte, vielleicht Staub und Mäuse und verlorene Briefe, vielleicht Federn und bröseliger Gips und hundert Jahre alte Tapeten. Ich dachte an all die Leute in der Stadt, die, ebenso wie wir, allein waren in ihren Kästchen, wie Quadrate auf Millimeterpapier, wie Schuppen an einem Fisch, wie Ameisen.

Jetzt, da ich eine Ameise war, würde mich Max vielleicht gern erforschen, wie ich mich in der U-Bahn zurechtfand, eine belebte Straße langging, ohne mit jemandem zusammenzustoßen, Regale einräumte und zusah, wie sie sich wieder leerten, meinen Fußboden wischte, den Müll rausbrachte.

Wissen Ameisen, dass sie für die Kolonie arbeiten? Dass jede kleine Aufgabe, die sie erledigen müssen, bis sie am Ende sterben, tatsächlich einen sinnvollen Teil des Ganzen bildet? *Wissen* sie das? Ich jedenfalls wusste es mit Sicherheit nicht.

Hast du das mal getan, eine Karawane von Ameisen zu unterbrechen? Sie marschieren alle dahin, ohne zu fragen, ganz und gar zielstrebig, und du unterbrichst ihren Pfad in der Erde oder im Sand oder wo auch immer, einfach indem du einen Graben ziehst, mit einem Stock oder deinem Schuh oder einer leeren Essigflasche. Die Ameisen vorne in der Karawane machen weiter, als ob nichts passiert wäre, als ob es keinen Grund zur Unruhe gäbe. Sie blicken nicht zurück. Aber die dahinter, die in den Graben hineinlaufen, die sind völlig konfus. Es ist, als ob sie alle durchdrehen und herumrennen und sich die Haare raufen, weil sie keine Ahnung haben, was zum Teufel sie tun sollen. Als ob sie alles vergessen hätten, was sie je wussten.

Max hasste es, wenn ich das tat. Es machte ihn verrückt.

Darüber dachte ich nach, während ich in meinem Zimmer saß und anderen Leuten zuhörte, die nicht wussten, dass ich existierte. Wenn Max mich von oben beobachtete, auf welcher Seite der Ameisenkette war ich?

Ein paar Abende später traf ich die alte Dame erneut im Flur. Es war noch nicht spät. Ich wollte raus und frische Luft schnappen, weil ich den ganzen Tag im Zimmer gewesen war. Ich war kurz vor der Haustür, als sie aus ihrer Wohnung kam.

»Ah, Landei«, sagte sie. »Komm rein, lern die Nachbarn kennen.«

Ich wollte niemanden kennenlernen. Ich schüttelte den Kopf. »Nein, danke«, sagte ich und öffnete die Tür. Ich konnte einen Spaltbreit schwärzlichen Himmel im Laternenlicht sehen. Ich roch heißes Blech und den Staub von draußen.

»Du solltest mal die Nachbarn kennenlernen«, sagte sie.

»Nein, eher nicht.«

Die Tür war jetzt ganz offen. Auf der Straße gingen

zwei Leute vorbei, ein Mann und eine Frau, und im Licht des Flurs blickten sie kaum eine Sekunde zu mir hoch. Auf der Vortreppe lag mein langer Schatten.

Sie sagte: »Was soll das bedeuten, eher nicht? Es gehört sich nun mal. Ich muss dich vorstellen.«

Ich sagte, mir wäre lieber, sie würde es nicht tun.

»Was soll das heißen?«

Sie stand jetzt in der Tür, und ich war schon halb auf dem Gehweg. Ich konnte ihr Gesicht nur schlecht erkennen, weil das Licht von hinter ihr kam.

»Ich möchte die Nachbarn nicht kennenlernen«, sagte ich.

»Dann mach doch, was du willst«, sagte sie. Sie stieß die Tür vor sich zu, das helle Rechteck der Straße schrumpfte rasch und verschwand.

»Tu ich auch«, sagte ich zu überhaupt niemandem.

Ich blieb nicht lange weg. Ich ging herum. Ich setzte mich auf eine Bank am Kanal. Ich beobachtete Leute in Cafés und Bars, um zu sehen, was sie mit ihrer Zeit anfingen. Ich holte mir eine Zeitung und starrte im Schaufenster von Dixons für eine Weile auf einen Fernseher.

Als ich zurückkam, waren die Lichter in der Wohnung der alten Dame immer noch an. Ich konnte sie von der Straße aus sehen. Drinnen war die Tür zu ihrer Wohnung offen. Ich hörte sie herumgehen, hörte von irgendwoher ihre gedämpfte Stimme und das Getrappel des Hundes, wie Finger auf einem Tisch. Ich lehnte den Kopf an den Rand der Haustür und sah zu, wie der Ausschnitt des Himmels immer kleiner wurde und verschwand, während ich sie geräuschlos zumachte.

»Wie heißt du eigentlich?«, sagte sie plötzlich dicht hinter mir, noch bevor ich mich umgedreht hatte.

»Gott, haben Sie mich erschreckt«, sagte ich.

»Entschuldigung«, sagte sie. Sie fragte mich erneut nach meinem Namen.

»Sam.«

Sie wiederholte ihn, als ob sie ihn auf irgendwas prüfte.

»Ich bin Isabel«, sagte sie. »Triff dich für fünf Minuten mit den Nachbarn, und ich werde dich nie mehr um irgendetwas bitten.«

Was für eine gute Lügnerin.

Es war voll und eng bei ihr, als ob jemand die Wände zusammengeschoben hätte, nachdem sie ihre Möbel reingestellt hatte, wie im Lagerraum eines schlechten Antiquitätenladens.

Steve war da, der Vermieter, er trug drinnen Sonnenbrille, was einem meiner Meinung nach einen Menschen auf den ersten Blick verleiden kann. Der Hund lag auf einem Sessel, die Nase zwischen die Lehne und das Kissen gesteckt, das Weiße seiner Augen wie Mondsicheln, als er zu mir hochblickte und vor lauter Langeweile schwer keuchte. Im anderen Sessel war ein hungrig aussehender Typ mit einem großen bleichen Bart, für den sein Gesicht viel zu klein war. Er sah mich missmutig an und leckte sich die Lippen, die inmitten der vielen Haare verloren wirkten. Sein Pulli hatte die Farbe von verdorrtem Gras. An seiner Wade hatte er ein großes Revolvertattoo. Es ragte aus seiner Socke wie aus einem Holster hervor. Kaum hatte ich es gesehen, konnte ich den Blick nicht mehr davon abwenden.

Und auf der Lehne seines Sessels saß eine Frau namens Cherry, schlank und blond und hübsch und so ziemlich der müdeste Mensch, den ich je gesehen habe. Ihre Nägel waren so knapp bis zum Ansatz abgenagt, dass ich den Anblick nicht ertragen konnte. Ihre Finger waren voller Ringe.

Isabel stellte mich als Landei vor. Steve nickte mir hinter seiner Sonnenbrille zu und klimperte mit den Eiswürfeln in seinem Glas. Cherry winkte mit einer Hand und verdeckte ein Gähnen mit der anderen.

»Mick«, sagte der Mann in dem Sessel. »Du hast mich letztens im Badezimmer überrascht.«

Steve sagte zu Mick: »Wahrscheinlich hast du ihn die Nacht zuvor aufgeweckt, als du deine Sachen aus dem Fenster geworfen hast.«

»Sorry«, sagte ich, und Mick raunzte Steve an, von wegen er könne mal ein Schloss an die Tür machen, das funktioniere.

»Oh, warum so schlecht gelaunt, Mick«, sagte Isabel. »Es gibt immer jemanden, dem es schlechter geht als dir. Zum Beispiel unserem Landei hier. Keinen Freund auf der ganzen Welt.«

»Wirklich?«, sagte Mick, ein wenig heiterer, als ob das gute Neuigkeiten wären.

»Keine Menschenseele«, sagte Isabel und tätschelte mir den Arm.

Sie erklärte jetzt, wo sie alle wohnten: Steve im Untergeschoss, sie selbst im Hochparterre, ich und das Badezimmer im ersten Stock, Mick im zweiten und Cherry und ihre Tochter ganz oben.

»Willkommen in der Klapsmühle«, sagte Steve und leerte sein Glas.

Dann trat eine Stille ein, die ich nicht füllen wollte. Cherry starrte nägelkauend aus dem Fenster. Isabel sagte, sie wolle mir was zu trinken holen. Steve folgte ihr hinaus.

Cherry zündete sich eine Zigarette an und zog daran, als ob etwas ganz hinten wäre, auf das sie scharf war. Sie hatte zu viel Make-up aufgetragen. Wenn sie die Hand zum Mund führte, sah sie ganz wie die eines anderen Menschen aus, eines bleicheren und älteren.

Mick sagte zu niemand Bestimmtem: »Warum sind wir hier?«

Ich wusste nicht, ob er hier meinte, in Isabels Zimmer, oder in London, oder gar auf der Welt, und ich hatte keine Ahnung, wie ich darauf antworten sollte.

Ich stand auf und versuchte, aus den Fenstern zu sehen. Da war eine Wendeltreppe hinunter in einen Hinterhof, so groß wie fünf aneinandergereihte Heuballen. Da waren Fensterrahmen voller regenzerzauster Petunien. Im Innern passten Isabels Sofas zu den Vorhängen, und der Teppich war tümpelkrautgrün. An den Wänden hingen Gemälde, von Schiffen und faden Landschaften, und sie hatten vielleicht einen Wert für eine alte Dame, aber sie sagten mir überhaupt nichts. Das bei Weitem Interessanteste im Zimmer war eine Tonbüste auf einem Bücherregal, von einem in sich gekehrten Mann mit breiter Nase und geschlossenen

Augen. Ich mochte seine dichten Locken, die Abdrücke der Hände, die ihn gemacht hatten, auf seiner Haut.

Isabel kam mit den Getränken zurück und setzte sich in den Sessel neben Matte. Ich blieb stehen, bis sie mir sagte, ich solle endlich Platz nehmen, dann setzte ich mich auf den Boden.

Auf dem Couchtisch war eine Schale mit Chips. Ich aß nicht viele, weil sie einen solchen Lärm in meinen Ohren machten und ich das Zimmer nicht mit Geknirsche erfüllen wollte. Mick stürzte sich auf sie, als ob er allein wüsste, dass es die letzte Mahlzeit im Haus war. Chipskrümel waren in seinem Bart verstreut wie Schuppen.

Isabel sagte, in der Küche gebe es noch mehr und er solle sie doch holen.

Mick sah aus, als hätte er plötzlich weiche Knochen bekommen. »Kann das nicht der neue Junge machen?«

»Nein, kann er nicht«, sagte Isabel. »Und sein Name ist Landei.«

Ich wollte gehen. »Mein Name ist Sam«, sagte ich, aber niemand nahm Notiz davon.

»Haben Sie was gegessen?«, sagte Isabel zu Cherry.

Sie brauchte lange, um darauf zu reagieren, als ob sie in Zeitlupe wäre oder sich unter Wasser bewegte. Mühsam wandte sie den Blick von der mittleren Entfernung ab, als ob da etwas Faszinierendes geschähe, obwohl wir anderen es nicht sehen konnten.

»Keinen Hunger«, sagte sie und kratzte sich innen am Ellbogen.

Isabel runzelte die Stirn und sah hinüber zu Steve.

»Gemeinschaftsräume«, sagte er, als ob das etwas bedeuten würde.

Mick sah ihn an und sagte: »Was?«

»Ich hab die Farbe und einen Freund mit einem Rest Teppich, aber wir müssen es zusammen machen.«

»Was zusammen machen?«

»Den Flur renovieren«, sagte Isabel. »Meinst du nicht auch, Landei? Es ist schrecklich da draußen.«

Ich sagte nichts. Ich versuchte herauszufinden, wie lange es noch dauern würde, bis ich aufstehen und gehen konnte. Ich fragte mich, wie lange ein Mensch in einem Zimmer sein und garantiert keinen Eindruck machen kann. Ich wollte nicht so lange bleiben, um mich in ihre Erinnerung einzuprägen.

»Was ist mit dir, Cherry? Hilfst du mit?«, sagte Steve.

»Wobei denn?«, fragte Cherry. »Ich hab grad nicht zugehört.«

Mick erhob sich jetzt und sagte: »Sind wir fertig?« Sein Revolvertattoo spannte sich, als er aufrecht dastand.

»Wie du möchtest«, sagte Isabel.

»Na dann«, sagte er. »Ich muss gehen und mit einem Typen sprechen wegen einem Hund.«

Cherry sagte: »Kann ich mitkommen?«

Aber er schüttelte den Kopf und sagte: »Nicht diese Art von Hund, Schätzchen. Tut mir leid.«

Sie starrte auf die Leere im Zimmer, die er hinterlassen hatte, während Isabel und Steve anfingen, mir Fragen zu stellen. Ich hätte aufstehen und mit ihm gehen sollen.

Isabel begann. »Nun sag mir aber, was du hier machst, komm schon.«

Was sollte ich antworten? Weglaufen. Ganz neu anfangen. Mich verstecken.

Ich zuckte mit den Achseln. »Ich weiß es wirklich nicht.«

»Woher kommst du?«

»Das kennen Sie sicher nicht. Es ist winzig.«

»Wie alt bist du?«

»Siebzehn.«

Isabel fragte, ob ich Student sei.

Cherry sagte: »Ist das jetzt eins von diesen Fragespielen?«

Ich sagte: »Ich bin kein Student. Nein.«

»Hätt ich auch nicht gedacht. Du siehst nicht aus wie einer«, sagte Isabel. »Die tragen alberne Hosen mit dem Arsch unten an den Knien und Schuhe, in denen deine Füße erfrieren würden, und die Haare absichtlich vor den Augen. Du siehst eher normal aus.«

»Ich bin ganz normal«, sagte ich, und ich wollte, dass es stimmte und zugleich eine Lüge war.

»Tier, Pflanze oder Mineral?«, sagte Cherry, und sie lachte über ihren eigenen Witz und starrte dann wieder ins Leere.

Matte setzte sich plötzlich auf und blickte durch den Flur zur Tür. Wir alle folgten seinem Blick, außer Cherry, und nun klopfte es vorne an der Tür. Ich hab schon davon gehört, dass Hunde fünf Minuten, bevor du kommst, wissen, dass du auf dem Weg nach Hause bist, dass sie dich spüren können.

Steve stand auf, um zu öffnen, und dann hörte ich Schritte auf dem Teppich, leicht, barfüßig und schnell, und dann war da dieses Kind im Zimmer und kratzte sich am Kopf, in einem wirklich schmuddeligen Schlafanzug, der etwa drei Nummern zu klein war.

Es war merkwürdig, dass sie plötzlich da war. Sie wirkte fehl am Platz. Ich erkannte sie sofort.

Sie war die Kleine, die ich schon gesehen hatte, am Tag, als ich ankam. Sie war das Mädchen aus diesem Eingang. Sie erinnerte mich nun weniger an ein Ölgemälde, blassgrau, wie sie war, mit Ringen unter den Augen, aber noch immer hatte sie diese roten Haare. Matte stand mit seinem Stummelschwanz wedelnd vor ihr.

»Hallo«, sagte Isabel. »Was hat dich aufgeweckt?«

»Weiß nicht«, sagte sie, und sie sah mich arg misstrauisch an, weil ich neu war.

»Das ist Sam«, sagte Isabel. »Sam, das ist Bo, Cherrys kleines Mädchen.«

Bei der Erwähnung ihres Namens blickte Cherry zu ihr hinüber und lächelte. »Was machst du hier unten?«, sagte sie.

»Kann nicht schlafen.«

Cherry lächelte weiter, rührte sich aber nicht. Das Mädchen ging hinüber und stellte sich neben sie, den Rücken gegen die Spitze von Cherrys angewinkeltem Knie gelehnt. Sie sah mich unverwandt an.

Ich erwiderte ihren Blick.

»Dich hab ich schon mal gesehen«, sagte ich.

»Sie wohnt hier«, sagte Steve.

»Nein, zuvor«, sagte ich. »Ich hab dich gesehen. Am Tag, als ich ankam.«

»Ich hab schon mal diesen Fernsehansager gesehen«, sagte Isabel, »in der U-Bahn, aber das heißt nichts.«

»Wo hast du mich gesehen?«, fragte das Mädchen. Ihre Stimme klang blechern und schrill.

»Camden High Street«, sagte ich. »Du hast ausgesehen wie ein Gemälde.«

Sie schnaubte. »Wie *was?*«

»Hör nicht auf ihn, Bo«, sagte Cherry, ohne jemanden anzusehen. Sie zündete sich eine neue Zigarette an, und mit ihrem verkniffenen Mund klang ihre Stimme hart. »Er will dich nur anmachen.«

Das blasse Mädchengesicht rötete sich im Nu.

»Nein, will ich nicht«, sagte ich. »Wie alt ist sie, acht?«

Cherry lächelte in meine Richtung, ein mattes, freudloses Lächeln.

»Ich bin *zehn*«, sagte das Mädchen, als ob das jeder außer mir wüsste.

Sie sah nicht nach zehn aus. Ich kannte Kinder, die sechs waren und größer als sie.

»War es ein hübsches Gemälde?«, fragte das Mädchen.

»Ja«, sagte ich.

»Dann ist es ja okay.«

Sie lehnte sich nach wie vor an Cherry. Isabel fragte sie, ob sie hungrig sei. Das Mädchen schüttelte den Kopf. »Mir ist kalt.«

»Willst du was Warmes trinken?«

»Ja.«

Steve war in der Küche und ließ Eiswürfel in einen frischen Drink krachen. Isabel rief: »Steve, sei bitte so nett und wärm ihr ein bisschen Milch auf.«

Cherry hatte ihre Tochter schlaff in den Arm genommen und saß mit gesenktem Kopf da, als ob sie eingeschlafen wäre.

»Was hat sie heute gegessen?«, fragte Isabel. »Außer dem, was ich ihr gegeben habe.«

»Hummer Thermidor«, sagte Cherry, und das Mädchen kicherte.

Mir war unbehaglich, als ob ich hier Dinge beobachtete, die ich besser nicht mitbekäme. »Ich gehe«, sagte ich.

»Sei nicht albern«, sagte Isabel. »Trink noch was.«

Cherry streckte ihr Glas aus, als ob es ihr vielleicht jemand abnehmen wollte. Sie zündete sich erneut eine Zigarette an und schloss die Augen. »Ich geh auch«, sagte sie, rührte sich aber nicht.

Steve war ein wenig unsicher auf den Beinen, als er hereinkam, sackte auf seinem Platz zusammen und verschüttete heiße Milch über Matte. Immer wieder langte er nach dem Kind und fuhr ihm durch die Haare. Offensichtlich konnte sie das nicht leiden.

Ich sah Cherry an, sie hatte die Augen geöffnet und beobachtete mich. »Wie heißt du noch mal?«, sagte sie.

»Sam.«

Sie fragte mich, ob ich Kippen hätte. Ich sagte, ich rauchte nicht.

»Hast du vielleicht Schnee?«

»Nein, tut mir leid.«

Darauf redete sie nicht mehr mit mir. Wir saßen im Zimmer, als ob jeder für sich allein wäre. Das Mädchen trank ihre Milch aus und schlang die Arme wieder um

Cherry, irgendwie zwischen ihrer Hüfte und der Armlehne. Es machte einen unbeholfenen Eindruck. Cherry streckte die Hand aus und streichelte dem Mädchen über die Haare. Ihre Augen bewegten sich hinter den geschlossenen Lidern, huschten unter der Oberfläche wie bei jemandem, der träumt.

Ich rief mir in Erinnerung, dass ich diese Leute gar nicht hatte treffen wollen. Ich war frei zu gehen. Das tat ich auch.

»Wirklich nett von dir, dass du reingeschaut hast«, sagte Isabel an der Tür, als ob das meine Idee gewesen wäre.

Ich schrieb einen Brief im Kopf.

Liebe Mum,

wie geht es dir? Ich lebe inmitten von einem Haufen Spinner.

Die Geschichte meines Lebens

Erster Teil
von B. Hoban

Mum sagt, wir stammen von einer alten Familie rumänischer Zigeuner ab und können deshalb nicht an einem Ort bleiben, denn es liegt in unserem Blut, immer weiterzuziehen. Sie sagt, das war das Problem mit meinem Dad, dass er am Boden festzementiert war. Sie sagt, ihre Oma war die erste Hoban, die in einem Haus lebte. Und unser richtiger Name ist gar nicht Hoban, er ist ein Geheimnis, aber Bohemia war mein Ururgroßvater, der gut aussah und ein toller Pferdedieb war.

Ich fragte sie, ob sie mir einen Jungennamen gegeben hatte, weil sie sich gewünscht hatte, dass ich ein Junge würde. Sie sagte, es wäre in etlicher Hinsicht leichter gewesen, aber ein Name sei ein Name. »Sieh mich an«, sagte sie. »Ich muss mein ganzes Leben lang mit Cherry klarkommen.«

Meine früheste Erinnerung, das ist die Oase. Es war ein riesiges rotes Haus, und in seinem Garten hatte es Pfauen. Auf dem Feld dahinter war ein weißes Pony. Es mochte mich nicht. Es war allergisch auf Gras. Wenn es Gras fraß, schwoll sein Bauch an wie ein Luftballon, also durfte es das nicht. Ich glaube, deshalb mochte es mich nicht, weil es sein Lieblingsfutter nicht fressen konnte und das an jemandem auslassen musste.

Die Oase gehörte Onkel Derek. Er war alt und war gar nicht mein Onkel. Ich sah Mum damals nicht oft, ich erinnere mich jedenfalls nicht. Ich weiß nicht, wie lange wir da wohnten, aber es fühlte sich an wie eine lange Zeit. Andere Kinder waren nie da. Dereks Kinder waren alle erwachsen und kamen sowieso nie zu Besuch.

Da war eine nette Dame, Mrs Betty, die mich zu Bett brachte und mich aufweckte und mit mir spielte und mich das dicke Pony reiten ließ, das mich nicht mochte. Mrs Betty hatte ein ganz rotes Gesicht, als ob sie immer gerade einen Hügel hinaufgestiegen wäre, und sie trug diese Halbstrümpfe, die einem nur bis an die Knie reichen. Ich mochte es nicht, wenn das obere Ende ihrer Kniestrümpfe zu sehen war, ihr nacktes Bein war dann ganz bläulich und verfroren.

Onkel Derek war reich. Mum sagte mir, er hätte sein Geld mit Strumpfhosen gemacht. Da dachte ich an Mrs Betty und ihre Strümpfe und ob Derek daran die Schuld hatte. Es ist komisch, mit was für Sachen man reich werden kann, mit Strumpfhosen und Klebezetteln und Handtuchhaltern, die wie Tierpopos aussehen.

Mum arbeitete dann als Fotomodell für seine Strumpfhosen, und so haben sie sich kennengelernt. Sie behauptet, er hätte einen Blick auf ihre Beine geworfen und sich sofort in sie verliebt. Mums Schwester Suzie sagte, Mum würde in ihrem Leben dauernd auf solche

Geschichten setzen, nämlich dass irgendein Teil ihres Körpers das Leben eines Mannes durcheinanderbringt. Mum sagte, Suzie sei nur eifersüchtig, weil sie in einem fetten langweiligen Haus leben würde mit einem fetten langweiligen Mann und drei fetten langweiligen Kindern. Ich durfte davon eigentlich nichts hören. Danach sahen wir Suzie eine ganze Zeit lang nicht mehr. Mum sagte, nur weil du eine fette langweilige Schwester hast, heißt das nicht, dass du sie mögen musst.

Sechs (Sam)

Nach diesem Abend in Isabels Wohnung, an dem ich die Nachbarn kennengelernt hatte, ging ich allen aus dem Weg. Das war nicht schwierig. Ich verließ mein Zimmer nicht, wenn ich Stimmen oder Leute im Flur hörte. Wenn ich die Haustür hörte, sah ich nach, wer kam oder wegging. Ich achtete darauf, wann ich was machte. Ich konnte die Geräusche durch die Wände und Decken und Böden immer besser deuten.

Es war Montag, vielleicht eine Woche, seit ich einen von den andern gesehen hatte. Ich ging zum Laden, um meine Schichten zu vereinbaren, vielleicht ein paar Dosen Suppe und abgelaufene Milch mitzunehmen, so Zeug eben. Es war nicht weit. Ich nahm die Abkürzung durch den kleinen Park gegenüber am Ende der Straße, ging hinter der Einkaufsstraße lang, wandte mich nach links und trat ein.

Dieser junge Typ, Besnik, war am Tresen. Der Laden gehörte seinem Onkel. Er war einigermaßen freundlich zu mir, obwohl ich nicht sicher bin, ob er zwischen zwei Treffen nicht meinen Namen vergaß. Er redete hauptsächlich über Mädchen und darüber, was er mit seinem Auto vorhatte, und das mit jedem, den sein Onkel gerade bezahlte, um ihm zuzuhören.

Aber Besnik redete heute nicht über Autos. Er wies auf einen der Spiegel in der Ladenecke, einen von denen, die dir alles im Umkreis zeigen, als würde man durch ein Fischglas schauen.

»Scht!«, sagte er und richtete den Zeigefinger auf mein Gesicht, ohne den Blick vom Spiegel abzuwenden. »Ich hab einen.«

»Einen was?«, sagte ich und sah zu dem Spiegel hoch, konnte jedoch nicht viel erkennen.

»Einen Dieb. Da, guck!«

Er presste den Finger auf den kleinen Überwachungsmonitor an der Kasse. Darauf konnte ich noch weniger sehen als im Spiegel. Das Bild war verschwommen und flackrig und grau.

Besnik liebte Ladendiebe. Man hätte meinen können, sein Onkel hätte das ganze Geschäft eingerichtet, nur um sie anzuziehen, dass es der ganze Sinn und Zweck des Ladens wäre, welche zu fangen.

»Zwei Wodka und eine Packung Pringles«, sagte er. »Bis jetzt.«

»Frühstück für Helden«, sagte ich, aber er ignorierte es.

»Die knöpf ich mir vor«, sagte er und ließ den Blick hektisch zwischen dem Spiegel und dem Monitor hin- und herhuschen, als ginge es um Leben oder Tod, als ob er ein Flugzeug landen müsste.

Das, was Besnik am meisten an Dieben mochte, war, im Recht zu sein. Er hätte einen richtig guten Polizisten oder Rektor oder was auch immer abgegeben. Das sagte ich ihm auch.

»Zu klein«, sagte er. »Zu klein, zu langweilig, zu gefährlich.«

Ich fragte mich, was nicht langweilig oder gefährlich daran war, in einem durchgehend geöffneten Deli in Camden Town zu arbeiten, aber ich widersprach nicht. Zumindest hatte er recht, was seine Körpergröße anging. Besnik reichte mir gerade mal bis an die Schulter und war ein paar Jahre älter als ich. Also holte er sich seine Kicks, indem er Leute zu Tode ängstigte, die Käse und gebackene Bohnen und Apfelwein klauten, drohte ihnen mit einem Baseball-Schläger, jagte sie durch den Laden, rief die Polizei. Ich wollte nicht dabei sein und mir das mitansehen.

»Noch abgelaufene Milch?«, sagte ich.

»Hinten draußen. Nimm nicht alles.«

»Nein«, sagte ich. »Das wär ja Diebstahl.«

Er musterte mich finster und starrte dann wieder auf den Ladendieb.

Um nach hinten zu gelangen, musste ich den Laden der Länge nach durchqueren. Am Ende musste ich unter dem Tresen durchtauchen und hinter einen Perlenvorhang in den Lagerraum gehen, wo es nach Joghurt und Mäusen roch. Als ich an die Ecke kam, konnte ich sehen, wen Besnik so aufmerksam auf seinem Monitor beobachtete, wer der Nächste in seinem einsamen Kampf gegen die Kleinkriminalität war.

Es war das Mädchen.

Sie stand mit dem Rücken zum Laden da, die Hände in den Taschen und den Kopf gesenkt. Ich wusste gleichwohl, wer es war, das dumme kleine Kind.

Ich blickte von ihr zu Besnik und wieder zurück. Keiner von beiden sah mich an. Ich ging auf sie zu, dicht an den Regalen entlang, blieb jedoch auf Abstand, damit ich nicht auf dem Monitor auftauchte.

Jetzt hätte ich es gut gebrauchen können, dass jemand in den Laden kam und die Klingel auslöste, die nervige elektrische Klingel, die sich in deinen Kopf eingrub und später wieder ertönte, Stunden nach deiner Schicht, wenn sie am wenigsten willkommen war, wenn du dachtest, du hättest wenigstens zwölf Stunden, ehe du sie wieder hören musstest.

Kling klang klong.

Eine Frau trat ein, mit einem Kinderwagen und einem kreischenden Kleinkind. Ich sah mich um. Besnik versuchte, den Monitor im Blick zu behalten, aber die kleinen Hände des Kindes steckten mitten in den Süßigkeiten, und die Mutter wollte drei Lotterielose und Zigaretten und allerlei anderes, das sie ständig aufzählte, indem sie auf den Tresen schlug.

»Psss!«, sagte ich, aber das Mädchen ignorierte mich.

»Bo! Leg das zurück«, sagte ich. »Er beobachtet dich.«

Sie wandte sich um und sah mich an, und etwas wie Angst huschte über ihr Gesicht, vermischt mit einem Lächeln.

»Das ist kein Scherz. Ich kenn ihn. Ich arbeite hier.«

Daraufhin nickte sie schnell, ohne sich umzublicken, holte aus jedem Ärmel eine Flasche und stellte sie zurück ins Regal.

Ich duckte mich rasch unter dem Tresen durch, ehe Besnik mich sah. Als ich mit der Milch wieder auftauchte, war die Frau gegangen und Bo bezahlte die Pringles mit Zweipennystücken und hochgekrempelten Ärmeln, ganz das Unschuldslamm. Besnik kochte. Klar, dass er sich betrogen fühlte.

»Bis dann«, sagte ich zu ihm und ging ihr voran nach draußen.

Ich wartete nicht auf sie. Ihr die Haut gerettet zu haben war Gefallen genug. Ich wollte nicht auch noch mit ihr reden. Aber sie zockelte mit einem nervösen Lachen hinter mir her.

»Danke«, sagte sie und lächelte, als ob wir unter einer Decke steckten.

»Du bist bescheuert«, sagte ich.

Sie bot mir einen Kartoffelchip an.

»Ich versteh nicht, wie du die essen kannst«, sagte ich.

»Ich mag die. Arbeitest du wirklich da drin?«

Ich sagte Ja, und wenn ich meinen Job wegen ihrer Klauerei verlieren würde, wäre ich schwer sauer.

»Ich hab nichts geklaut«, sagte sie.

»Nur weil ich dir in die Quere gekommen bin.«

Es war etwa fünf Schritte lang ruhig, dann sagte sie: »Du musst ja eine *Menge* Sachen von da klauen, wenn du da arbeitest.«

»Nein«, sagte ich.

Sie zuckte mit den Achseln. »Meine Mum holt sich alles von wo sie arbeitet. Klopapier, Cocktailstäbchen, Handseife …«

Ich unterbrach sie. »Wo arbeitet sie denn gerade?«

»Ich weiß nicht«, sagte sie. »Im Pub in unserer Straße vielleicht. Manchmal. Weiß nicht genau.«

»Die werd ich warnen.«

Sie blickte zu mir auf und blieb stehen. »Mach das nicht«, sagte sie.

»Okay«, sagte ich. »Aber lass da nichts mitgehen. Die kriegen dich.«

»In Ordnung.«

»Und wozu klaust du Wodka?«

»Für meine Mum. Für wenn sie zurückkommt.«

»Also, das ist nett von dir. Wo ist sie?«

Bo zuckte mit den Achseln. Sie hatte den Mund voller Knoblauch-und-Zwiebel-Chips oder was es auch für welche waren. Sie konnte das Zeugs gar nicht schnell genug wegfuttern. »Hattest du was zum Frühstück?«, fragte sie und fuchtelte mit der Dose vor mir herum. »Hier hab ich was.«

»Das ist kein Frühstück.«

Sie musste richtig schnell gehen, um mit mir Schritt zu halten. Ihre Turnschuhe lösten sich mit jedem Schritt ein wenig von ihren Füßen und schlappten über den Boden. Sie aß ihre Chips zu Ende, steckte die Dose in ihre Tasche, wo sie halb herausragte, und schleckte sich die Würze von sämtlichen Fingern ab.

»Ich mach ein Federmäppchen draus, wenn ich heimkomme«, sagte sie. »Die geben so tolle Mäppchen.«

Die Haustür stand offen, und der Teppich war nass, vom Regen oder von was anderem, ich wollte es nicht wissen. Er schmatzte ein wenig unter unseren Füßen, und Bohemia drückte ein Muster hinein, eine Art Blume, aber ihre nassen Fußabdrücke verblassten, kaum dass sie da waren.

Ich sagte, ich würde nach oben gehen.

»Okay«, sagte sie und tapste weiter. Sie sah zu, wie die Blumen verschwanden, während sie sprach. »Meine Mum wird bald zurück sein«, sagte sie. »Kann sich nur um Minuten handeln.«

Ich ging zurück in mein Zimmer und machte ein wenig sauber. Ich dachte an diesem Tag nicht mehr an das Mädchen und auch nicht am Tag darauf. Das ist die Sorte Mensch, die ich wohl sein muss – ich denke nie an Dinge, die mir was bedeuten, bis ich sie verloren habe.

Sieben (Bohemia)

Mum lag ganz angezogen unter der Decke, und ihre Schuhe, die sie auch noch anhatte, ragten über das Sofa raus. Die mochte ich am liebsten, es waren die dunkelblauen mit den kleinen Löchern, und sie sahen wirklich hübsch aus, wie sie da hingen.

Ich nahm mir etwa zwei Pfund aus ihrem Portemonnaie und ging in den Laden, um Milch und etwas zu essen zu kaufen. Mum wird sauer, wenn morgens keine Milch für ihren Tee da ist. Als ich zurückkam, war Isabel am Wischen. Sie trug eine Schürze und Flipflops, und ihre Füße sahen ganz blau und alt aus.

Sie fragte mich, was ich denn heute so machen würde, da ich ja offensichtlich nicht in der Schule sei, und weil ich noch nichts beschlossen hatte, antwortete ich nicht. Ich fragte sie nach dem neuen Jungen. Ich sagte, ich würde mich an ihn erinnern, er sei ja in ihrer Wohnung gewesen. Ich erzählte ihr nichts von der Klauerei, ich bin doch nicht total doof.

Sie sagte: »Sam? Vielleicht könnte er dir Unterricht geben. So schlecht, wie der sich anzieht, hat er sicher was in der Birne.«

Ich hatte nicht an Unterricht gedacht, aber schon daran, dass es gut wäre, jemanden näher an meinem

Alter zu kennen, jemanden, der nicht Steve oder Isabel war, denn die waren zusammengezählt etwa hundertneunundreißig.

Natürlich habe ich das nicht gesagt. Ich sagte: »Dann erzählen Sie mir von ihm.«

Isabel sagte, ausnahmsweise wisse sie nicht viel, und dann zwinkerte sie mir zu und drückte den Finger an ihre Nase. »Ich find schon was raus. Vielleicht kannst du mir helfen.«

Als wir an seine Tür klopften, war er, glaube ich, nicht allzu erfreut, dass wir kamen. Er brauchte eine Ewigkeit, bis er aufmachte. Ich sagte, vielleicht ist er weg und wir sollten gehen, aber Isabel sagte, sie würde nicht gehen, weil sie wüsste, er sei da drin.

»Ich schlafe!«, rief er nach ungefähr hundertmal klopfen.

»Na, dann wach auf!«, sagte Isabel. »Um Himmels willen, mach was aus deinem Leben.«

Er öffnete die Tür. Ich weiß nicht, was er dachte, als er uns da stehen sah.

»Wo warst du?«, sagte Isabel.

»Was soll das heißen?«, sagte er. Ich glaube, er war genervt.

Sie sagte: »Jemand sucht nach dir.«

Da schien er wach zu werden. »Wer?«, sagte er, und er sah an uns vorbei und die Treppe hinunter.

Isabel lächelte. »Keine Panik«, sagte sie. »Es ist nur Bohemia hier«, und ich lächelte ihn an mit meinem Lächeln voller Löcher.

»Bohemia?«

Ich kann es gar nicht leiden, wenn die Leute das machen, meinen Namen wiederholen, weil sie angeblich nicht richtig gehört haben.

Ich nickte und lächelte steifer, weil ich nicht wusste, was ich tun sollte.

»Sie will spielen«, sagte Isabel.

»Sie machen Witze, stimmt's?«, sagte Sam, aber er lachte nicht.

»Nun komm schon«, sagte Isabel. »Sie langweilt sich zu Tode.«

Das war eine Lüge, weil ich mich einfach nie langweile. Manche Leute können nicht lügen oder ihre Zunge einrollen oder eine Augenbraue heben oder einen Satz ohne Schei… sagen. Mir wird einfach nie langweilig. Es gibt immer zu viel zum Drübernachdenken.

Sam sagte: »Ist das Ihr Ernst?«

»Ja. Spiel einfach mit ihr. Nehmt Matte mit. Der hat's auch dringend nötig.«

Er schlug seinen Kopf dreimal gegen den Türrahmen, ziemlich hart.

»Er will nicht«, sagte ich, und ich wollte mich schon abwenden, aber Isabel hielt mich bei der Hand und wollte mich nicht gehen lassen.

»Ihr wisst, dass ihr mich aufgeweckt habt«, sagte Sam.

Isabel sagte, das war Absicht. »Schlaf, wenn du alt bist.«

»Was, wenn ich Nein sage?«, fragte er.

Ich sagte: »Ist schon okay. Du musst nicht.«

»Du verletzt ihre Gefühle«, sagte Isabel. »Das würd ich nicht machen.«

Sam sagte: »Also warum machen Sie dann nicht was mit ihr?«

»Weil ich *alt* bin«, sagte sie. »Bohemia will nicht den ganzen Tag mit jemand Altem verbringen, oder, Liebes?«

»Eigentlich nicht«, sagte ich. »Ist aber nicht böse gemeint.«

Er blickte auf Matte. »*Der* ist auch alt. Wie weit kann der denn noch laufen?«

Isabel sagte: »Das ist ein Hund, Landei, kein Spielzeug zum Aufziehen.« Das brachte mich zum Lachen.

»Okay«, sagte er und sah mich an. »Ich geh mit den beiden in den Park, aber dann ist gut.«

Ich versuchte, wieder zu lächeln, aber er sah mich nur an und seufzte, als ob das nicht sein Tag wäre.

Isabel gab ihm eine Tüte mit Sachen für Matte – ein Jäckchen, falls ihm kalt würde, und ein Ding, das mal ein Tennisball gewesen sein musste, aber jetzt mehr nach Kleber und nassem Teppichstück aussah. Anfassen wollte ich das nicht.

»Gut«, sagte sie, legte meine Hand in die von Sam und gab mir die Leine zum Halten. »Keiner von euch beiden geht oft genug bei Tageslicht raus.«

Als Isabel auf der Treppe war, sagte mir Sam, ich solle hier warten, und folgte ihr. Ich hörte, was er sagte. Er fragte sie, ob es nicht ein bisschen merkwürdig wäre, wenn ein völlig Fremder mit einem Kind spazieren ginge.

»Du bist wohl kaum ein Fremder. Wir wissen alle, wo du wohnst.«

Er sagte: »Sie wissen gar nichts über mich. Ich könnte gefährlich sein.«

Sie lachte: »Und, bist du's?«

»Nein«, sagte er. »Ich weiß nicht.«

Sie sagte: »Was ist schon merkwürdig daran, nett zu sein zu einem Kind ohne Freunde und mit zu wenig Vitamin D? Ich hab schon Schlimmeres gehört.«

Er sagte, er sei kein Kindergärtner.

»Nein«, sagte Isabel. »Du bist viel zu *gefährlich* dafür.«

Ich und Matte mussten draußen warten, während er sich anzog.

Auf dem Weg die Treppe hinunter sagte Sam, Matte sei vielleicht kein Aufziehspielzeug, aber er würde wie eines aussehen, und das stimmte. So, wie er die Vortreppe runterhopste und tapste, brachte er mich zum Lachen.

Ich sagte, ich würde mich fragen, wie es ist, in London zu leben mit dem Bauch so nahe am Boden.

»Unhygienisch«, sagte Sam, und ich wusste nicht so recht, was das genau bedeutete, aber ich wusste, dass es nichts Angenehmes war.

»Weiß denn deine Mum, wo wir hingehen?«, fragte er.

Ich sah immer noch Matte zu, wie er nach unten hoppelte. »Sie schläft. Sie wacht erst in einer Ewigkeit auf.«

Er sagte: »Willst du ihr nicht einen Zettel hinterlassen? Ihr sagen, wo du bist?«

»Das muss ich nicht.«

Isabel erschien in der Haustür. Sie wedelte uns mit einem Fünfer zu. Sam ging die Vortreppe wieder hoch, um ihn zu holen.

»Was ist das, mein Lohn?«, sagte er. Das gefiel mir nicht.

Isabel sagte: »Damit sollst du ihnen ein Eis kaufen.«

»Ihnen?«

»Matte mag Softeis.«

Wir gingen schweigend bis zum Ende der Straße, er mit seinen großen Schritten und ich mit meinen schnelleren, und Matte tapste mit seinen Krallen am raschesten über den Beton. Meine Turnschuhe sahen ein wenig schlunzig aus, aber ich hatte meine Socken so ordentlich aufgerollt, dass es irgendwie doch gut aussah.

»Wann bist du eingezogen?«, fragte ich und blickte zu ihm auf. Sam hatte dunkle Haare und eine Haut, wie man sie im Freien bekommt, und er war groß, so groß, dass mir der Hals vom Schauen wehtat.

»Vor Kurzem«, sagte er, ohne mich anzublicken.

»Bei wem lebst du? Bei Mum oder Dad oder bei beiden?«

Er sagte, er würde allein leben.

»Ist das nicht einsam?«, sagte ich.

»Nein, nur allein.«

Sam mochte dieses Wort. Er sagte es oft. Ich wusste, dass er überhaupt nicht mit mir und Matte zusammen sein wollte. Er wollte ALLEIN sein. Sam war wie das Gegenteil von mir. Ich will viele Leute um mich haben.

Später im Park bibberte ich die ganze Zeit, bis ich mir seinen Pulli ausleihen durfte. Er war riesig, wie ein Kleid, und er war warm und roch irgendwie ölig und nach Jungs. Auf seinem T-Shirt stand FDNY und hinten 200 METER ABSTAND HALTEN. Ich fragte ihn, was FDNY bedeute.

»Fire Department New York«, sagte er.

Ich sagte: »Bist du ein Feuerwehrmann?« Und er lachte und sagte, er möge das Hemd, weil 200 METER wäre genau der richtige Abstand, den die Leute bei ihm halten sollten.

Verstehst du, was ich meine? ALLEIN.

Während wir gingen, machte er sich nichts aus Reden, also musste ich es tun.

»Wie alt bist du?«, sagte ich.

»Siebzehn.«

»Ich bin zehn. Wenn du uns zusammenzählst, kriegst du meine Mum.«

Er sagte: »Cherry.«

»Ja«, sagte ich. »Du hast sie neulich abends getroffen.«

»Sie kam mir okay vor.«

»Danke«, sagte ich, weil ich dachte, er meinte es nett. »Ist sie auch.« Und dann, ich hätte es nicht tun sollen, sagte ich: »Aber nicht morgens. Meine Mum kann es nicht leiden, wenn es Morgen ist.«

»Versteh ich.«

»Und Montage und Polizisten und Marzipan und Rechnungen, und mich kann sie auch nicht leiden, wenn ich zu viel rede ...«

»Du? Und zu viel reden?«, sagte er.

Ich nickte. »Und ich soll sie Cherry nennen, weil sie dieses M-Wort nicht mag.«

»Das was?«

»M-u-m. Das gibt ihr das Gefühl, dass sie alt ist. Ich darf es nicht benutzen.«

Wir waren nicht weit gekommen, weil Matte so kurze Beine hatte. Sam sagte, er könne sich vorstellen, dass er an der Leine vor zu viel Bewegung schlappmachen würde. Tatsächlich war es ziemlich beunruhigend, weil der arme Hund schon völlig erledigt schien, so wie seine Zunge seitlich raushing und er seine Zähnchen zeigte, wenn er lächelte.

»Vielleicht sollten wir den Bus nehmen«, sagte er.

»Da müssen wir wahrscheinlich ewig warten.«

Außerdem hatten wir nur Geld für das Eis, und ich wollte unbedingt eines haben.

Sam sagte, er glaube nur, der Hund würde vielleicht gern getragen werden, also hob ich ihn hoch und legte ihn wie eine Puppe in meine Armbeuge. »Bitte sehr«, sagte ich, und Matte drückte seine feuchte Nase an meine Haut und fing an zu schnüffeln. Sie war kalt und nass und kitzelte, wie ein lebendiger, atmender Pilz.

»Er mag dich«, sagte Sam.

Ich hob Matte noch höher und rieb meine Wange an seinem Fell. »Wir sind die besten Freunde«, sagte ich. »Stimmt doch, Junge? Doch, sind wir.«

Im Park war es bitterkalt, und das Eis machte es nur noch schlimmer. Mattes Nase war praktisch am Boden festgeklebt, und er schnüffelte immer nur. Sam wollte in den Wald gehen. Obwohl ihm zu Hause vom Anblick der Bäume schlecht würde, hätte er jetzt ganz gerne welche um sich.

Ich fragte: »Wo kommst du her?«, und er sagte es mir, aber ich hatte nie davon gehört.

Plötzlich waren auf dem Weg Hunderte von Ameisen. Tausende. Sie wühlten den Sand rund um die Steine auf, als würden sie versuchen, sie zu bewegen oder so.

»Oh«, sagte ich. »Das ist aber komisch!«

Sam kniete sich auf der Stelle hin und betrachtete sie genau. »*Myrmica rubra*«, sagte er.

»Was heißt das?«, fragte ich.

»Rote Ameise.«

Ich fragte ihn, woher er das wisse. Ich mag es, wenn jemand einfach so Sachen weiß und ich es dann auch lernen kann.

»Myrmekologie«, sagte er, und er grinste mich an, als ob ich wissen müsste, wovon er redete.

»Mürme-was?«, sagte ich.

»Myrmekologie. Das ist die Erforschung der Ameisen.«

Es war, als ob man von einem Hubschrauber aus auf Menschen hinabsehen würde. »Es ist gerade Berufsverkehr.«

»Ganz ähnlich ist es«, sagte Sam.

Wir kauerten am Boden und starrten sie an. Sie waren alle so *geschäftig* und wussten, wo sie hinmussten. Ich sagte, Isabel würde Wasser heiß machen und es über die Ameisen gießen, wenn sie welche so rumlaufen sähe. Ich hätte sie mal gesehen, wie sie es auf der Haustreppe machte, bei den Ameisen, die Flügel kriegen und nur an einem einzigen Tag im Jahr herumfliegen wie eine Ameisenwolke.

»Das sollte sie nicht tun«, sagte er.

»Warum nicht?«

»Sollte sie einfach nicht. Ameisen sind eigentlich faszinierende Wesen. Wenn du Max kennen würdest, dann würdest du nie mehr eine Ameise zu Tode verbrühen.«

»Wer ist Max?«

Sam sagte, einfach jemand, mit dem er aufgewachsen sei. Der sei so was wie ein Ameisenexperte und wisse alles über die verschiedenen Arten und was die alles könnten. Max wisse so ziemlich alles über alles.

»Cool. Gut, wenn man so einen Freund hat«, sagte ich.

Er sagte: »Wusstest du, dass das Gewicht aller Ameisen auf der Welt gleich dem Gewicht aller Menschen ist?«

Ich fragte ihn, wie jemand das überhaupt rausfinden könne.

»Es ist eine Tatsache«, sagte er.

»Wer hat sie alle gewogen?«, sagte ich. »Wie kannst du so etwas wiegen?«

Er sah mich komisch an. Dann sagte er, dass es auch eine Tatsache sei, dass es da draußen Tausende und Abertausende verschiedene Ameisenarten gebe, aber man immer noch neue finden würde.

Ich sagte, das würde ich nicht verstehen. Denn wenn man sie noch nicht gefunden hat, woher weiß man dann, dass noch welche da sind? »Und wie haben sie die alle gewogen, wenn sie die noch nicht gefunden haben?«

Da lachte er über mich, und obwohl ich es nicht lustig gemeint hatte, war ich froh, dass es lustig war.

Er ließ eine Ameise auf seine Hand krabbeln. »Du solltest Max kennenlernen«, sagte er. »Er würde dich mögen.«

»Okay. Wann?«

»Ich weiß nicht«, sagte er und tat die Ameise zurück und sah zu, wie sie ganz verrückt im Zickzack umherhuschte. »Ich weiß nicht, wann ich ihn wiedersehe.«

»Warum?«

Er sagte nur: »Lange Geschichte«, als ob ich keine Zeit hätte zuzuhören, als ob ich mit anderen Dingen beschäftigt wäre.

Nach dem Wald, in dem es wärmer war, weil kein Wind ging, und wo es Flecken von Licht gab, machte er sich ständig Sorgen um meine Mum, nämlich ob sie sich Sorgen machen würde. Mir gefiel das nicht.

Er sagte: »Wenn sie aufwacht, dann bist du nicht da.«

»Sie wacht nicht auf«, sagte ich.

»Irgendwann schon.«

»Jedenfalls wird sie sich keine Sorgen machen.«

Da schaute er mich schräg an, als ob er mir nicht glaubte. »Alle Mütter machen sich Sorgen.«

Ich zuckte die Achseln und streichelte Matte über den Rücken. All das Schnüffeln hatte ihn müde gemacht. Wir würden ihn den ganzen Weg nach Hause tragen müssen. »Meine nicht, ehrlich.«

Als ich Sam nach seiner Mutter und seinem Vater fragte, sagte er, sie würden im Moment nicht so richtig miteinander reden. Wir saßen auf dem Gras vor dem

Spielplatz. Ich wäre eigentlich gern rein, aber ich wollte Sam auch nicht alleine lassen, also blieb ich.

»Wieso?«, fragte ich.

Er lachte ein wenig vor sich hin und sagte: »Jetzt im Moment mögen sie mich nicht.«

»Sind sie sauer auf dich?«, sagte ich.

»Ja.«

»Habt ihr einen großen Streit gehabt?«

»Eigentlich nicht.«

»Bist du sauer auf *sie?*«

»Nein«, sagte er. »Vielleicht.«

Er legte sich ins Gras zurück und schloss die Augen. Ich legte mich neben ihn und hielt Matte mit der Hand, nur für den Fall, dass er durch irgendein Wunder die Energie aufbrachte und wegzurennen versuchte.

Die Geschichte meines Lebens

Zweiter Teil
von B. Hoban

Nach der Oase wohnten wir in Williams Wohnung, in der William kaum einmal auftauchte. Es war ein großes Apartment in einem großen Wohnblock in der Nähe von *Harrods*.

William war mit Derek befreundet, hatte aber, glaube ich, nichts mit Strumpfhosen zu tun. Eigentlich, sagte Mum, hätte William überhaupt nichts zu tun und Punkt, denn all sein Geld war schon da und wartete auf ihn, als er geboren wurde. Das muss merkwürdig sein. Mum meinte, Williams Geld hätte ihn daran gehindert, irgendetwas richtig gut zu können, außer Geldausgeben. In seiner Wohnung hatte man richtig Pech, wenn man mal ungeschickt war, denn alles war weiß oder fast weiß, und mit einer Tasse Schokomilch in der Hand zu stolpern wäre der Tod gewesen. Aber Mum gefiel es dort, weil sie nichts weiter zu tun hatte, als alles nett herzurichten, falls William mal vorbeischaute, was er jeden Dienstag tat und manchmal an den Wochenenden, wenn seine Frau weg war. Die übrige Zeit tat Mum einfach so, als gehörte die Wohnung ihr und hatte Freunde zu Besuch und trank Williams Wein und gab Williams Geld für BHs aus.

An Dienstagen und Sonntagen musste ich mich unsichtbar und unhörbar machen. Wenn William die Nacht über blieb, musste ich genügend zu essen in meinem Zimmer haben, dass es bis zum Frühstück langte, und zum Zeitvertreib ausreichend Stifte und Papier und Sachen. Ich durfte keinen Mucks machen. Mum sagte, wenn wir auch nur einen falschen Schritt täten, würden wir wieder auf der Straße landen. Ich sei nämlich ein großes Geheimnis, und sie würde William früher oder später mit mir überraschen.

Wie es sich ergab, muss ich wohl alles falsch gemacht haben, nur weil ich auf der Welt war, denn als Mum ihm die Überraschung beibrachte, war er offensichtlich gar nicht erfreut. Darüber war sie wochenlang wütend.

Wir zogen dann zu ihrer Freundin Nancy in eine Dachwohnung. Alle Häuser in dieser Gegend waren riesig und sahen aus wie Bilder auf einer Schokoschachtel, weiß und mit schwarzen Holzmustern außen. Es gab viele davon, sie waren alle gleich, und in jedem gab es etwa dreißig Wohnungen, und es wohnten nur Mädchen drin, was komisch war, sagte Mum, als ob wir auf einem anderen Planeten leben würden. Das sagte sie aber nicht vor Nancy, denn ich glaube, Nancy mochte am liebsten Mädchen.

Mir gefiel es dort tagsüber, denn es gab andere Kinder zum Spielen, und der Park war in der Nähe. Aber manchmal, nachts, schlossen Mum und Nancy mich ein und gingen im *Casino* arbeiten. Sie waren immer sehr hübsch, wenn sie fortgingen. Mums Haare fühlten sich nicht wie Haare an, und ihr Lippenstift war versiegelt und glänzte wie ein Regenmantel und hatte die gleiche Farbe wie ihre Nägel. Die Sirenen wurden plötzlich lauter, wenn sie nicht da war, und die Flugzeuge und die kleinen Geräusche draußen und in den Gängen, die du wahrscheinlich gar nicht bemerkst, wenn du nicht allein bist – Türen und Schritte und Stimmen. Ich überlegte die ganze Zeit, wie ich fliehen würde, wenn es brannte oder ein Einbrecher kam oder so.

Einmal konnte ich jemanden mitten im Zimmer atmen hören, das schwöre ich, und ich war es nicht, weil ich praktisch gar nicht atmete. Ich konnte mich nicht rühren. Ich konnte kaum blinzeln, weil ich wusste, dass er mich hören würde.

Jeden Abend tat Mum das Gleiche, sie gab mir meine Milch zu trinken und schloss mir die Augen und sagte, ich solle sie nicht mehr aufmachen, bis sie zurückkäme. Vielleicht war es meine Schuld, denn ich machte sie immer auf, sobald sie weg war.

Acht (Sam)

Matte war das absolute Gegenteil von meinem Hund. Meiner hieß Ringo, er war ein Trumm von einem Tier, schwarz und zehnmal größer als Matte. Er hätte ihn zum Frühstück verputzen können, aber er hatte Angst vor kleinen Kläffern, deswegen hätte Matte vielleicht doch die Oberhand behalten.

Während Bohemia mit Matte in den Armen neben mir herging, erzählte ich ihr von Ringo. Ich sagte: »Du könntest ihn nie und nimmer hochheben, aber vielleicht dürftest du mal auf ihm reiten.«

»Ähm, nee«, sagte sie. »Nein, danke.«

Während wir spazieren gingen, machten wir dieses Spiel, das sie mochte, es hieß die drei Lieblingsdinge. Offenbar musste das sein. Sie wählte einen Bereich aus, und ich musste meine drei Lieblingsfrüchte oder Farben oder Fernsehsendungen oder sonst was verraten. Ich wollte ihr beibringen, dass man eigentlich nur eine einzige Sache am liebsten mögen kann, das sei ja die Bedeutung von am liebsten, aber sie sah mich nur verständnislos an und sagte: »Ich kann so viele Lieblingsdinge haben, wie ich will. Es ist doch ein *Spiel.*«

Bohemias Lieblingshunde waren Chihuahua, King-

Charles-Spaniel und Dackel und meine waren Labrador, Wolfshund und noch irgendeiner, es war mir egal. Wir mussten Essen und Getränke und Bücher und Lieder aufzählen, und ich dachte, es würde nie aufhören. Am Schluss kamen Leute dran.

»Welches sind deine drei Lieblingsmenschen?«, fragte sie. »Meine liebsten Menschen sind Mum und Isabel und du.«

Ich sagte ihr, das sei doch albern. Sie hätte mich gerade eben kennengelernt: »Ich könnte ganz furchtbar sein – du kennst mich noch nicht lang genug, um das zu wissen.«

Sie sagte: »Keiner von meinen Freunden ist furchtbar.«

Ich sagte, ich hätte keine Lieblingsmenschen. Ich hätte keine Freunde. Ich sei nach London gezogen, um von Menschen wegzukommen, und sie lachte und sagte: »Das ist einfach *doof*.«

Sie sagte: »Was ist mit Max?«

»Okay, Max«, sagte ich.

»Und Ringo?«

»Kein Mensch.«

»Doch, Tiere zählen auch.«

»Okay.«

»Und ich«, sagte sie. »Du kannst mich wählen. Ich hab dich auch gewählt, also ist es gerecht.«

»Okay«, sagte ich. »Max und Ringo und Bohemia sind meine drei Lieblingsmenschen.«

»So ist es besser«, sagte sie.

Sie sagte: »Außerdem, warum ziehst du dann in eine

Stadt mit so vielen Leuten, wenn du allein sein willst? Ich *glaub* dir einfach nicht.«

Ich sagte, ich sei viel mit Ringo draußen gewesen, auf den Wiesen in der Nähe von Max. Wir mussten auf der Straße gehen, um hinzukommen, das war weniger schön, aber dann war es weites und hohes Land, direkt am Fuß des Berges.

»Es gab jede Menge Hasen«, erzählte ich Bohemia. »Ringo konnte sich zu Tode rennen, wenn er die jagte.«

»Echt wahr?«

»Nein, aber mich hat er ein oder zwei Mal umgerannt.«

Ich weiß noch, wie einer der Farmerssöhne wilde Ponys auf seinem Quad-Bike zusammentrieb, wie er sie den Berg hinunterjagte, ehe der Schnee kam, und sich ein wenig um sie kümmerte. Es war ganz diesig, das Licht schimmerte durch den Nebel, als hätte ich getrübte Augen, als hätte jemand die Windschutzscheibe nicht geputzt.

Max war da oben und trug seine komische Jacke. Man konnte ihn immer schon von Weitem erkennen. Es war ein alter Fischeranorak, leuchtend gelb, lächerlich. Er hatte innen Taschen, die Max selbst angebracht hatte. Da hatte er seine Sachen drin – Schnur, Messer, Lupe, Kompass, Probengläser vom Doktor. Max in dieser gelben Jacke war wie ein Schulausflug mit Laterne, ein Labor auf Beinen. Er war total schräg.

Ich winkte ihm zu, und er wandte sich kurz um, als wollte er sich vergewissern, dass ich niemand anderem winkte. Aber da war niemand sonst in dieser einsamen Weite.

Als er sich näherte, sah ich, dass er schon wieder die Haare geschnitten bekommen hatte. Seine Wangen leuchteten rosa vor Kälte. »Hallo«, sagte ich. »Warst beim Friseur?«

Er strich sich mit der flachen Hand über die Haare. Sie ragten auf wie Büschel von Wildgras. Ich fragte mich, ob es sich stachlig anfühlte. »Wie geht's so, Sam?«, sagte er.

Ich zuckte die Achseln. »Okay. Mir ist langweilig. Was treibst du so?«

»Nicht viel.«

Ich sagte: »Du hast deine verrückte Jacke an, Max. Du musst was vorhaben.«

»Tja«, sagte er, doch er wollte mir nicht sagen, was es war.

Ringo jagte dem Quad-Bike hinterher, bellte wie wild. Wir sahen ihm beide zu, die Hände vor Augen gegen die Sonne.

»Jagt immer noch alles, was ihn umbringen könnte«, sagte Max.

»Tja. Motorräder, Autos, Trecker. Er hat es raus, dass er nicht überfahren wird.«

»Überlebensinstinkt«, sagte Max, und ich wusste nicht genau, ob er es scherzhaft meinte. Das wusste ich nie genau.

Das Farnkraut war kniehoch, und es zogen sich gewundene Wege hindurch, die einander kreuzten, und man kam nie genau dort heraus, wo man hinwollte. Der Hund sprang durch das Grünzeug zurück wie ein hüpfender Fisch im Wasser. Er rannte mir von der Seite her direkt in die Beine, weil er ein Dummkopf war und überreizt und die Pflanzen so hoch waren, dass er nicht sehen konnte, wo er hinlief. Ich fiel hin und lag dann einfach da, während er mit den Pfoten auf meiner Brust stand und mich anguckte.

»Autsch«, sagte Max.

»Blöder Hund.«

»Also, war nett dich zu treffen«, sagte er, ohne mich richtig anzusehen, und kraulte dem Hund mit beiden Händen den Rücken.

Als ich mich in dem schmatzenden Schlick zur Seite drehte und aufstand, war das Quad-Bike verschwunden. Die Ponys zogen langsam über die Ebene, die Köpfe gesenkt, acht waren es. Ich streifte die abgeknickten Blätter von meinen Sachen, und Max ging in seiner gelben Jacke durchs Farn davon und ließ Wolken von Blütenstaub ins Licht aufsteigen.

»Du wirst Max vermissen«, sagte Bohemia. »Und Ringo.«

Ich sagte: »Mag sein.«

»Ein Glück, dass du mich hast«, sagte sie. »Einer von dreien ist nicht schlecht.«

Ich sah sie an, wie sie mir zulächelte, ihre Beine ragten aus meinem Pulli wie die Stecken, die ich mein ganzes Leben lang in den Fluss geworfen hatte, mit großen Knien, gebleicht bis auf die Knochen von der Sonne. Sie glaubte ernsthaft, wir wären Freunde.

Neun (Bohemia)

Als ich am Morgen vor dem Stromausfall nach unten kam, waren Steve und Isabel am Werkeln. Steve strich die Wand im Hausflur. Ich fragte, ob ich helfen könne.

Isabel sagte: »Du kannst den Werbemüll in die Papiertonne werfen. Und wenn wir den Teppich zusammengerollt haben, kannst du ihn mit mir mal richtig ausklopfen.«

Ich sagte: »Darf Matte hier draußen bei uns bleiben?«

»Natürlich kann er das.«

»Haut er nicht ab?«

»Nein. Er weiß, wer ihm die Butter aufs Brot schmiert.«

»Was bedeutet das?«

»Das bedeutet, dass ich ihn seit zwölfeinhalb Jahren zweimal täglich füttere und er kein bisschen dafür arbeiten muss.«

Ich setzte mich zu all den Briefen in den Eingang und warf die mit Namen drauf, welche ich nicht kannte, in den Mülleimer. Ich hörte Sam die Treppe herunterkommen.

»Was steht da?«, fragte Isabel und deutete auf einen Brief. Ihr Finger war wie die Zeichnung eines Stocks. »Für wen ist dieser Brief?«

»Den Wohnungsinhaber.«

»Und was ist mit diesem?«, sagte Isabel und wies auf einen anderen. Sie nahm ihn mir aus den Händen. »Oh, der ist für dich«, sagte sie und hielt den Umschlag Sam hin.

»Kann nicht sein«, sagte er.

»Warum nicht?«

Sam zuckte mit den Achseln. »Kann es einfach nicht.«

»Sam Cassidy«, las Isabel. »Nimm ihn und öffne ihn.«

Er schüttelte den Kopf.

Ich stand auf und nahm Isabel den Brief aus der Hand.

»Da steht nicht dein Name«, sagte ich. »Sie will dich verarschen. Da steht Sarah Chakrabati.« Ich sah Isabel an, weil ich wusste, was sie im Schilde führte. »Ich kann nämlich lesen.«

»Oh«, sagte Isabel. »Ich muss die falsche Brille aufhaben.« Es war ihr anzusehen, dass sie log.

»Du bist eine gute kleine Leserin«, sagte Steve.

»Danke.«

Ich hörte, was Isabel zu Sam sagte, während Steve redete. Sie sagte es leise, aber ich hörte es trotzdem. Sie sagte: »Niemand weiß, dass du hier bist, stimmt's?«

Steve räusperte sich und holte seinen Pinsel aus dem Wasser.

Und ich dachte: *Das ist Unsinn, weil ich weiß es nämlich.*

Später brachte mir Mum ein Sandwich, mit Hühnchen und süßem Mais, und obwohl ich eigentlich gedacht hatte, ich wollte Vegetarierin werden, war ich froh, denn es war schon nach sechs und ich hätte einen ganzen Ochsen verputzen können.

Sie setzte sich zu mir auf das Bettsofa. Wir hatten es nicht weggeräumt, seit wir eingezogen waren, und ich passte auf, dass ich nichts von dem Hühnchen mit Mais auf das Laken fallen ließ. Als ich fertig war, stand ich auf und klopfte mir die Krümel von meinen Sachen.

»Hast du noch Hunger?«, sagte Mum.

»Ein bisschen.«

Sie fragte mich, ob ich glücklich sei, und ich sagte: »Türlich.«

Sie hob den Arm, und ich schmiegte mich an sie. Es war nett. Sie strich mir mit der Hand über den Kopf und zupfte ein wenig an meinem Haarband, etwas ziepte heftig in meinem Nacken, aber ich sagte nichts, denn sie sollte mich nicht loslassen.

»Tut mir leid, dass wir uns den ganzen Tag nicht gesehen haben«, sagte sie und gab mir einen Kuss oben auf den Kopf.

»Wir haben das Treppenhaus geputzt«, sagte ich. »Hast du was gemerkt?«

Sie sagte, als sie reinkam, sei das Licht aus gewesen. Sie sagte: »Vielleicht roch es irgendwie nach Farbe.«

Ich sagte ihr, ich hätte mitgeholfen. »Gut gemacht«, sagte sie.

Sie war eine Weile still, und dann stand sie auf und ging aufs Klo. Sie blieb eine Ewigkeit dort drin. Ich redete weiter mit ihr, um sicher zu sein, dass sie nicht einschlief.

»Sam lebt ganz allein«, sagte ich durch die Tür.

»Wer?«

»Sam. Er arbeitet in einem Laden unten an der Straße. Vielleicht kann er dir dort einen Job besorgen.«

Es gab eine lange Pause, bis Mum sagte: »Vielleicht.«

Ich sagte ihr nicht, dass niemand wusste, dass Sam hier war. Ich glaubte nicht, dass sie das interessierte.

Als sie rauskam, trug sie nur ihre Unterwäsche und ließ ein Bad einlaufen. Ihre nackten Füße machten dieses glibberige Geräusch auf dem Boden, als ob sie ginge, ohne sie anzuheben. Ich ging mit ihr ins Bad, was sie überhaupt nicht störte, und wir lagen da in den Schaumblasen und taten nichts. Danach half sie mir, eine Art Dach für das Bettsofa zu bauen, aus einem Laken und einem langen Stück Schnur. Wir befestigten ein Ende der Schnur an der Wand und banden das andere an einen Nagel an der Tür und hängten das Laken darüber. Solange die Tür geschlossen war, war es perfekt, aber wenn man sie aufmachte, brach alles zusammen. Ich konnte auf dem Bettsofa sitzen wie in einem Zelt und rausschauen.

Sie stieg zu mir ins Zelt, und wir lagen da und schauten hinaus auf die Wände.

Ich sagte: »Vielleicht gehen wir mal richtig zelten, im Sommer, und machen ein großes Feuer am Strand und essen frischen Fisch und Marshmallows.«

Als Mum noch ein Kind war, fand sie Zelten toll. Sie sagte: »Man musste Duschmarken kaufen, und wenn einem die Marken ausgingen, dann war's das. Du musstest in den Laden gehen, im Handtuch und voller Seife, und noch eine kaufen.«

Sie sagte: »Wir aßen keinen frischen Fisch, wir aßen Bohnen und Würstchen aus der Dose, und in allem war feuchtes Gras drin.«

»Das machen wir mal«, sagte ich. »Versprochen?«

Sie versprach es mir nicht, aber sie sagte, sie würde sich nicht vom Fleck rühren, bis ich eingeschlafen sei, solange ich nicht absichtlich wach bliebe, damit sie nicht wegginge.

Ich schwöre, sie schlief vor mir ein.

Als ich in dieser Nacht aufwachte, waren alle Lichter aus, und sie war nicht da. Ich tastete im Bett nach ihr, aber es war leer. Es ist komisch, dass ein Mensch, der ohnehin im Dunkeln ist und die Augen geschlossen hat, davon aufwachen kann, dass alles dunkel wird, aber so war es bei mir.

Es war wie ein richtiges Ding, das Dunkel, wie etwas Festes. Ich mochte es nicht. Ich dachte, vielleicht hält dieses Zelt, das ich gemacht hatte, das Licht draußen, also streckte ich die Hand aus und zog das Tuch beiseite, aber es war im ganzen Zimmer immer noch völlig schwarz.

»Mum?«, sagte ich, ein wenig leise, aber es kam keine Antwort.

»Mum!«, sagte ich wieder, diesmal lauter. »Wo bist du? Das ist nicht witzig.«

Ich glaube, ich rief noch einmal, ich schrie, und dann hörte ich jemanden auf der Treppe, und alles um mich her knisterte. Sie kamen angekrochen. Ich konnte mein eigenes Blut in meinen Ohren hören. Wenn eine Spinne im Küchenschrank gewesen wäre, ich hätte sie gehört. Wenn eine Katze drei Straßen entfernt sich den Pelz geleckt hätte, es wäre ohrenbetäubend gewesen. Ich glaube, meine Ohren wollten mich dafür entschädigen, dass ich blind war. Ich konnte Dinge hören, wie sie sich bewegten, über mir und unter mir, und hörte erneut Schritte auf der Treppe, und dann klopfte jemand an meine Tür, ganz laut, und ich zuckte zusammen, obwohl ich ihn kommen gehört hatte.

»Wer ist da?«, sagte ich.

»Sam. Alles in Ordnung mit dir?«

»Ich glaub schon«, sagte ich.

»Du hast gerufen«, sagte er.

»Ich hab nach meiner Mum gesucht.«

»Bist du allein?«

»Ich weiß nicht«, sagte ich.

»Was soll das heißen, du weißt nicht?«

Ich sagte ihm, dass Mum noch hier war, als ich einschlief, aber dass ich sie jetzt nicht sehen könne. Mir war zum Heulen zumute, wie ich da saß in der Schwärze und versuchte, alles zu erklären, durch eine Tür, die ich nicht sehen konnte.

»Cherry?«, rief er, aber es kam keine Antwort.

Er sagte, Isabel hätte ihn geschickt, um mich zu holen. »Sie hat bei mir an die Decke geklopft. Sie möchte, dass du runterkommst.«

Ich hatte Angst, mich zu bewegen. Ich hatte Angst, worüber ich stolpern oder auf was ich treten könnte.

Ich tastete mich ganz langsam zur Tür. Als ich sie öffnete, konnte ich immer noch nichts sehen.

»Warum sind alle Lichter aus?«, sagte ich.

»Stromausfall. Isabel sucht nach Kerzen. Ich hatte irgendwo eine Taschenlampe, aber ich kann sie nicht finden.«

Ich ließ die Tür hinter mir ins Schloss fallen, ohne nachzudenken, und wir gingen zusammen nach unten.

Ich hasse es, allein die Treppe runterzugehen, selbst wenn es nur ein kleines bisschen dunkel ist. Wenn Sam nicht dabei gewesen wäre, dann hätte in jeder Ecke irgendjemand gelauert. Die Schwärze hinter mir hätte sich angeschlichen und mich mit Haut und Haaren verschluckt.

Als wir unten ankamen, konnte ich den Teppich unter meinen Füßen spüren. Isabels Tür musste schon offen sein, denn Sam sagte: »Da sind wir«, und ich weiß nicht, weshalb er sie sehen konnte und ich nicht. Dann waren wir in ihrem Flur, und sie kam auf uns zu mit einer kleinen Kerze in der Hand. Von der Flamme her drang Licht durch ihre Finger, und davon sah ihr Gesicht aus wie eine Höhle. Sie trug ein Nachthemd. Sie sah ganz, ganz alt aus.

Sie sagte: »Findest du einen Stromausfall nicht auch toll? Das erinnert mich an den Krieg.«

»Warum?«, sagte ich.

»Wegen der Verdunkelung, Schatz. Wir mussten aufpassen, dass kein Licht nach außen drang, damit die feindlichen Flugzeuge uns nicht finden konnten.«

»Ist das wahr?«, sagte ich.

»Natürlich ist das wahr«, sagte sie. »Nun, lass dich mal ansehen. Alles in Ordnung mit dir? Möchtest du vielleicht einen Keks?«

Ich sagte Nein, danke. Ich sagte, ich hätte geschlafen und sei aufgewacht, als die Lichter ausgingen.

»Da hast du aber einen leichten Schlaf«, sagte sie. »Wie ich.«

Wir standen eine Weile im Flur herum, als ob wir auf einen Bus oder so warten würden, und dann sagte sie: »Wo ist deine Mum?«

»Ich weiß nicht«, sagte ich. »Vorhin war sie noch da.«

»Sie muss ausgegangen sein«, sagte Isabel. »Wir wissen nicht zufällig, wann sie zurückkommt?«

Wie konnte ich, wo ich doch nicht mal wusste, dass sie fortgegangen war? »Nein«, sagte ich. »Ich glaub nicht.«

Wir folgten ihr und ihrer Kerze in die Küche. Ich hatte kalte Füße, und ich versuchte sie in meine Schlafanzugshose zu stecken, aber wenn ich an ihr zog, damit sie über meine Füße reichte, bedeckte sie meinen Hintern nur noch halb.

»Möchtest du Socken haben?«, sagte Isabel.

»Ja, schon.«

Während sie weg war, um welche zu holen, klopfte es wieder an die Tür. Sam stand auf. »Ich geh schon«, sagte er.

Es war Steve. Er sagte etwas von wegen der ganze Block hätte keinen Strom. Dann sagte er: »Ich war oben, aber ich krieg das Kind nicht aufgeweckt.«

Er sagte das in dem Moment, als er in die Küche kam,

und er sah mich und wir lächelten. »Oh, hallo«, sagte er. »Du bist ja schon da.«

»Ja, bin ich.«

»Wenn du nach draußen schaust«, sagte er zu Sam, »dann siehst du nirgends ein Licht. Das ist ein totaler Stromausfall. Nicht nur bei uns.«

Wir gingen zum Küchenfenster, und Steve sagte: »Seht ihr?«, aber man konnte nicht viel erkennen, das war der Witz dabei.

Die Socken, die Isabel mir brachte, waren groß und flauschig und brachten meine Füße zum Schwitzen, sobald ich sie anhatte.

»Die darfst du behalten«, sagte sie. »Mir schwitzen die Füße von denen.«

Ich saß die Beine über Kreuz am Küchentisch, während Isabel heiße Schokolade machte. Zu ihrem Herd sagte sie Ofen und zu heißer Schokolade *Kakao*. Als er fertig war, war er brühend heiß und nicht sehr süß, und als er nicht mehr brühend heiß war, hatte er diese eklige dicke Haut, die an meinen Lippen klebte und im Kerzenlicht ganz runzlig aussah, wie Isabels Haut.

Steve goss etwas aus einem Fläschchen in seine Tasse.

»Wo ist Mick?«, fragte ihn Isabel, und Steve sagte, das letzte Mal, dass er ihn gesehen hätte, sei er gerade weggegangen, aber das sei schon ewig her.

»Er kann nicht zu Hause sein«, sagte Isabel. »Dann wär er hier unten wie der Blitz. Er hasst die Dunkelheit.«

Da musste ich lachen, wie konnte ein Erwachsener so viel Angst vor etwas haben, und Steve sah mich an. »Wie, du hattest keine Angst?«

»Nicht so richtig«, sagte ich. »Vielleicht ein bisschen.«

Der Stuhl war mir unbequem, und ich wollte wieder schlafen gehen, damit das Warten, bis die Lichter wieder angingen, nicht so ewig lange dauerte. Ich fragte, ob ich nach oben gehen könnte.

»Besser nicht«, sagte Isabel.

»Ich bring sie zurück«, sagte Sam.

»Bist du sicher, dass du gehen willst?«, fragte mich Isabel, und ich sagte Ja.

»Ich bin müde«, sagte ich. »Ich will schlafen.«

»Du kannst hier schlafen«, sagte sie.

Ich sagte, dann würde Mum nicht wissen, wo ich sei.

Sie sagte etwas wie mit gleicher Münze heimzahlen. Ich hörte es.

Steve meinte: »Zweimal falsch ergibt nicht einmal richtig.«

»Dann bringt dich Sam nach oben«, sagte sie.

Wir borgten uns ein kleines Nachtlicht. Es richtete nicht viel gegen die Schwärze ringsum aus. Ich folgte ihm in einem zitternden Lichtfleck die Treppe hinauf. Als wir zu unserer Tür kamen, wollte ich sie aufdrücken, aber es ging nicht. Sam versuchte es mit der Schulter.

Er sagte: »Du hast dich ausgesperrt.«

Ich setzte mich mit dem Hintern auf die kratzige Matte und lehnte mich an die Tür. Ich hatte sie hinter mir zufallen lassen. Die Schlüssel waren drinnen.

Sam sagte, vielleicht sollte ich wieder nach unten gehen zu Isabel.

»Nein«, sagte ich.

Er sagte: »Bei mir kannst du nicht schlafen.«

»Will ich auch nicht. Ich schlaf hier.«

»Na gut«, sagte er. »Ich geh dir eine Decke holen.«

»Du darfst es ihr nicht sagen«, sagte ich. »Wenn du es ihr verrätst, dann muss ich nach unten. Ihr Kakao ist *schrecklich*.«

Er sagte, er hätte keine Decke, die er mir leihen könnte, und ich sagte, ich bräuchte keine.

Das Wachs des Nachtlichts war nur noch Wasser, das hin und her schwappte. Die Flamme würde gleich ersticken.

»Hier kannst du nicht schlafen«, sagte er. »Isabel bringt mich um.«

»Meine Mum ist sicher bald zurück«, sagte ich. »Sie ist wahrscheinlich nur spazieren gegangen oder so.«

Da sagte Sam: »Hast du ein Fenster offen gelassen?«

»Vielleicht. Warum?«

»Dann kann ich reinklettern.«

»Wie reinklettern?«, sagte ich.

Er sagte, er könne aus seinem Fenster aussteigen und zu meinem hochklettern.

»Ist das nicht gefährlich?«

»Es ist nicht anders, als wenn man auf einen Felsen steigt.«

Ich sagte: »Kannst du wirklich im Dunkeln an einem Haus hochklettern? Ist das nicht verboten?«

Sam lächelte. »Ich hab das schon mal gemacht. Es ist nicht so schwierig.«

Er sagte, er würde runtergehen und seine Taschenlampe suchen und sich von draußen meine Fenster ansehen. Er ging zwei Schritte zur Treppe hin und verschwand schon.

»Lass mich nicht allein«, sagte ich.

»Na, dann komm mit«, sagte er.

Als wir auf seine Etage kamen, hörte ich Isabels Stimme von unten. »Alles in Ordnung mit ihr, Landei?«, sagte sie.

Sam gab mir ein Zeichen, ich solle still sein, und sagte: »Ja, alles okay. Sie wird gleich einschlafen.«

»Wo ist dieses verfluchte Weibsbild hin, was meinst du?«, sagte sie, und sie meinte meine Mum.

Sam sah mich an. »Ich weiß nicht, Isabel. Ich geh jetzt zu Bett. Gute Nacht.«

»Ich nehm mir jetzt fest vor, sie bei den Behörden zu melden.«

»Nicht heute Nacht, Isabel.«

»Nein, die Telefone sind tot. Aber ich sollte es tun. Ich sollte morgen jemanden anrufen.«

Ich wollte sagen, dass es vielleicht einen Grund gab, weshalb meine Mum weg war, ein Notfall oder so. Ich wollte sagen, dass sie kein verfluchtes Weibsbild ist. Ich wollte sagen, dass Isabel netter sein sollte, wenn sie meine Freundin bleiben wollte, und wenn sie es *irgendjemandem* erzählte, würde ich *nie wieder* mit ihr sprechen.

Aber ich musste den Mund halten, sonst würde ich mich verraten.

Sam öffnete seine Tür, und wir schlichen ganz leise hinein.

Sein Zimmer war genauso groß wie unseres, aber ordentlicher und merkwürdig leer. Ich dachte, es sei nur die Dunkelheit, die die Dinge verbarg, deshalb lieh ich mir die Taschenlampe, als er sie gefunden hatte, und bewegte den Strahl durch das Zimmer und suchte nach Sachen. Es war, als ob niemand hier lebte. Es gab einen winzigen Stapel gefalteter Kleider in einer Ecke, eine Matratze an einem Fenster und ein Buch oder zwei. Das war alles.

»Wo sind all deine Sachen?«, flüsterte ich.

Er hatte das Fenster nach vorne aufgemacht und versuchte, draußen etwas zu erkennen. Er zuckte die Achseln und ging mit der Taschenlampe in die Küche. »Das hier ist alles«, sagte er.

Ich stellte mir vor, wie unsere Wohnung war, voll mit Kleidern und einem Haufen Koffern und mit dem ganzen Durcheinander in der Küche.

»Ich glaub, die Fenster nach vorne raus sind zu«, sagte er. »Ich schau mal hinten nach.«

Er öffnete das Fenster in seiner Küche und richtete die Taschenlampe nach oben. Alles, was ich im Dunkeln sehen konnte, war seine Kehle.

»Das hier ist offen«, sagte er. »Siehst du?« Und er zeigte es mir. Es war ganz weit oben.

»Ist das unsere Küche?«, sagte ich.

Er sah sich die Wand an. Er hörte nicht zu. Er sagte: »Ich kann das Fallrohr zwischen den Küchen benutzen. Das ist der schnellste Weg.«

»Ganz bis da oben?«, sagte ich.

Ich hatte kein gutes Gefühl dabei.

»Ich denk schon.«

»Vielleicht sollte ich auf Isabels Sofa schlafen.«

»Jetzt hab ich sie schon angelogen«, sagte er. Der Lichtkreis von der Taschenlampe hüpfte, als er auf den Fenstersims hinausstieg. »Und du willst es doch gar nicht.«

Ich wollte es nicht, da hatte er recht. Jetzt umso weniger, nachdem ich gehört hatte, was sie sagte, obwohl es eigentlich nicht für mich bestimmt war.

Sam reichte mir die Taschenlampe, und dann brachte er seine obere Hälfte nach draußen. Er hockte auf dem Fenstersims und hielt sich am Rahmen fest. Er beugte den Rücken nach hinten und blickte hoch, und mir wurde flau im Magen. Ich leuchtete mit der Taschenlampe nach draußen, um ihm zu helfen. Er sah ins Licht und kniff die Augen zusammen.

»Du musst sie nach da oben richten«, sagte er und nickte mit dem Kopf, weil er mit den Händen nicht loslassen wollte.

Ich streckte den Arm neben ihm aus dem Fenster und achtete darauf, wo das Licht hinfiel. Der helle Kreis wanderte an der Hauswand hoch und verwandelte die Schwärze wieder in schwarze Ziegelsteine. »Bitte pass auf«, sagte ich.

»Es ist leicht«, erklärte er mir. »Ich muss mich nur kurz am Rohr festhalten, dann kann ich da den Fuß aufsetzen, auf Micks Fenstersims, dann noch ein Stück Rohr und ich bin oben.«

Er zog sich hinaus und stand nun draußen vor seinem Fenster. Ich konnte nur noch seine Beine und seine Turnschuhe sehen. Ich konnte nur noch denken, dass dies ein richtig schlechter Plan war und er runterfallen und vielleicht sterben würde, nur weil ich in meinem Zimmer sein wollte.

»Sollten wir nicht auf meine Mum warten?«, sagte ich, aber er hörte mich nicht. Seine Beine waren plötzlich nur noch in der oberen Hälfte des Fensters und dann nur noch ein Bein und dann nichts, nur der schwarze, schwarze Himmel und das stumme Flackern von Kerzen in den Häusern anderer Leute.

Ich stand im Dunkeln in seiner leeren Wohnung. Ich hörte ein Geräusch über mir und ich schloss die Augen. Ich stellte mir das Wuuusch seines fallenden Körpers vor, das Knirschen seines Aufpralls weit unten.

Aber es kam nicht.

Stattdessen hörte ich seine Stimme, und ich leuchtete nach oben, und er war drin, er schaute aus meiner Küche herab auf mich in seiner Küche. »Okay«, flüsterte er. »Du kannst hochkommen.«

Ich sah aus dem Fenster, auf das Stück, das er hochgeklettert war, und dann nach unten auf die Erde. »Ist das zu fassen?«, sagte ich zu niemand Bestimmtem.

Ich passte auf, dass seine Tür nicht hinter mir zufiel.

Ich ging, so leise ich konnte, die Treppe hinauf. Mit der Taschenlampe war es leicht. Sam stand in meiner Tür, die Tüte mit den Kerzen in der Hand.

Ich sagte: »Das war wirklich cool.«

»Wo sind deine Streichhölzer? Hast du welche?«

Als ich die Badezimmertür öffnete, um welche zu holen, fiel das Licht auf Mum, die fest schlief, in der Ecke eingeigelt wie ein Käfer. Im selben Augenblick gab es ein Knacken im Flur, und die Lichter gingen wieder an. Von der plötzlichen Helligkeit musste ich blinzeln und die Augen zukneifen.

Mick war auch hier drin, er lag im leeren Bad mit allen Sachen an. Er machte ein grunzendes Geräusch und öffnete die Augen. Auch Mum öffnete die Augen und schloss sie wieder. Sie sagte: »Wie spät ist es?«

Ich hielt noch immer die Taschenlampe, und ihr Strahl war schwach und gelb im weißen Licht der Glühbirne. Ich wusste, Sam stand hinter mir, und ich wusste, er hatte alles gesehen.

»Alles okay mit ihr?«, sagte er.

Von meinem Lächeln fühlte sich mein Gesicht seltsam an, wie eines von diesen Pappgesichtern, die man mit einem Lutscherstiel vor sich hin halten kann.

Mir fiel nichts zu sagen ein, außer: »Also war sie doch nicht weg.«

Die Geschichte meines Lebens

Dritter Teil
von B. Hoban

Mum lernte Onkel Paul im *Casino* kennen. Sie sagte zu Nancy, der hat Geld wie Heu, denn als Erstes sei ihr sein Anzug und seine Uhr und seine Winterbräune aufgefallen. Später sagte sie dann, der Anzug müsse geliehen gewesen sein und die Uhr und die Bräune seien Fakes. Sie sagte noch viel schlimmere Dinge über ihn, wenn sie getrunken hatte, aber ich hatte nie etwas gegen Onkel Paul. Er war nett zu mir, und als er auftauchte, musste ich nicht mehr allein sein, jedenfalls nur noch selten, denn Mum hörte wieder auf zu arbeiten. Er mochte es nicht, wenn Mum arbeiten ging. Das sagte ich ihr einmal, aber dann nie wieder, denn sie zählte mir alle Gründe auf, weshalb er der Schlimmste von allen war.

Paul zog mit in Nancys Wohnung, obwohl da eigentlich nur Mädchen wohnen durften. Sie verbrachten die meiste Zeit in unserem Schlafzimmer. Ich freundete mich mit der Familie unter uns an, die waren viele und hatten nichts dagegen, dass ich bei ihnen schlief. Wir konnten Paul und Mum durch die Decke hören, aber von da unten war es lustig.

Diese Familie machte sich Sorgen um mich. Ich weiß das, weil sie es zu Leuten sagten, während ich dabei war, so in der Art, wie Erwachsene über Kinder reden und so tun, als ob wir sie nicht hören könnten. In dieser Familie mochten mich alle. Ich war glücklich.

Als Mum dann sagte, wir würden ans Meer ziehen, einfach so, sagte ich, ich würde nicht mitgehen. Ich hockte in der Ecke des Flurs, wo die Treppe anfängt, und weinte. Paul versetzte ihr diesen leeren, kalten Blick und sagte, er sei in zwei Stunden zurück, um uns abzuholen.

Mum schrie mich an, als er weg war. Sie sagte, ich hätte kein Recht, so mit Paul zu reden, wo er doch nur versuche, uns ein besseres Dach über dem Kopf zu verschaffen. Meine Freunde würden froh sein, mich nicht mehr zu sehen, weil ich die ganze verdammte Zeit bei ihnen wäre. Während sie am Schreien war, stopfte sie meine Kleider in Müllsäcke und warf sie zur Tür.

Ich ging nach unten, um mich zu verabschieden und Danke zu sagen, dass sie mich aufgenommen hatten, und um Verzeihung zu bitten, falls ich zu oft da gewesen war, aber es war niemand zu Hause.

In Brighton ging es ungefähr fünf Minuten lang mit uns gut.

Paul verließ uns und fing etwas mit einer Krankenschwester an, die er beim Zahnarzt getroffen hatte. Er hatte eine Wurzelkanalbehandlung machen lassen, was grausig klingt, aber Mum sagte, es sei noch viel grusliger, wenn man dabei auch noch mit jemandem anbändelt. Sie sagte außerdem, ihr mache es nichts aus. Sie hätte ihn ohnehin sattgehabt und er würde allmählich verfetten.

Wir zogen wieder zu Nancy, weil Nancy eine Zeit lang fortging.

Es war besser mit nur uns beiden. Etwa eine Woche nachdem wir angekommen waren, sagte Mum zu mir: »Mein Gott, bist du groß geworden!«, so ungefähr, als ob sie mich schon lange nicht mehr angeschaut hätte.

Zehn (Sam)

Zu Hause hatten wir dauernd Stromausfall. Aber das erwischte dich eigentlich nie auf kaltem Fuß. Alle, die ich kannte, hatten einen Vorrat an Laternen und Kerzen und Taschenlampen und Batterien. Alle, die ich kannte, konnten im Dunkeln ein anständiges Feuer machen.

In dieser Nacht saß ich im Dunkeln in meinem Zimmer. Ich glaube, es war mir ganz recht, wieder einmal richtig in der Schwärze zu sein. Es herrschte eine Stille, an die ich nicht gewöhnt war. Meine Finger kribbelten vom Festklammern an den Mauersteinen. Mitten in meinem Körper war dieses leise Summen, wie eine Stimmgabel, wie reines Adrenalin.

Ich war zweimal am Haus von Max hochgeklettert. Einmal als Mutprobe und das andere Mal, um meinen Freunden zu beweisen, dass ich es tatsächlich getan hatte. Klettern am Fels war eigentlich nie meine Sache. In Kletterhallen riecht es nach dem Schweiß und der Angst anderer Leute, und an einem echten Fels dauert alles zu lange, wie beim Regaleeinräumen. Ich bin so ungeduldig. Die Hunde bei Max bellten mich an, aber niemand achtete auf sie, weil sie alles anbellten. Sie hatten zu häufig blinden Alarm geschlagen.

Beim ersten Mal bellten und jaulten sie wie wahnsinnig und stellten sich in ihrem Zwinger auf die Hinterläufe. Ich nahm Anlauf und klammerte mich an eine Regenrinne ein bis zwei Meter über meinem Kopf. Es war eine grobe Steinmauer mit vielen guten Löchern und einer Menge Efeu. Sie war leichter als die, die ich gerade genommen hatte, nicht so hoch.

Ich hatte nie Angst vor dem Klettern. Ich hatte mehr Angst, erwischt zu werden, von Max' Eltern, die mich vielleicht im Dunkeln beobachteten, die Hände am Fenster, flach gegen die Scheiben gedrückt.

Der Anblick von Cherry und Mick ging mir nicht aus dem Kopf. Ihr Zustand, wie sie da in dem Badezimmer zusammengesunken lagen, halb ausgezogen, wie Leichen. Und Bohemia, wie verängstigt sie war und wie sie nach wie vor lächelte, wie sie so tat, als ob nichts wäre.

Sie war auf eine Weise allein, wie ich es nie sein würde.

Ich wollte es nicht mitansehen. So viel Alleinsein machte mich völlig hilflos. Ich war zu nichts nütze. Also hatte ich sie da stehen lassen.

Dann schloss ich in meinem eigenen leeren Zimmer die Tür hinter mir und überlegte, ob ich zu Hause anrufen sollte. Ich stellte mir vor, wie es läutete. Ich wusste genau, wo das Telefon stand, und genau, wie es klang. Es ist dunkel dort, in der Mitte des Hauses, wo die Wände nur das Licht von Fenstern anderer Räume zurückwerfen. Selbst an einem hellen Tag sind die Fliesen kalt und die Geräusche draußen weit entfernt.

Ich stellte mir vor, was Mum und Dad tun würden, wenn das Telefon läutete. Dads Hände, voller Erde, die Handflächen dick verkrustet, tiefe Bräune unter den

Fingernägeln, wo es einmal weiß war. Er wird sicher Mum zurufen, sie solle rangehen, er würde nicht rechtzeitig aus den Stiefeln kommen. Was tat sie gerade? Wäsche falten, eine Liste erstellen, die Zeitung lesen, die Brille weit unten auf dem Nasenrücken.

Sie würden nicht halb nackt und ohnmächtig auf einem Badezimmerboden liegen.

Es würde ihnen etwas bedeuten, dass der Anruf von mir war.

Mum und Dad waren aus London weggezogen, ehe ich geboren wurde. Sie sagten immer, dass Stadtmenschen, die aufs Land ziehen, nie eine Heimat finden. Wo sie auch sind, sie vermissen die Dinge, die sie dort lieben, wo sie gerade nicht sind.

Du verliebst dich in die Weite und in die Luft, und doch hast du Sehnsucht nach den Menschenmassen und dem hektischen Getriebe.

Du lernst vierhundertfünfzig neue Grüntöne kennen, aber alle Menschen haben die gleiche Hautfarbe.

Du gierst nach den Lichtern und der Schnelligkeit und dem Lärm, und wenn du hinkommst, ist doch alles zu hell und zu schnell und zu laut.

Mum sagte, was ihr am meisten von der Stadt fehle, das seien die Fremden. All die Leute, mit denen sie zur nahen Arbeit fuhr oder durch belebte Straßen in der Gegend lief oder ins Kino um die Ecke ging. All die Leute, die sie schon beim ersten Mal nicht sah und dann auch nie wieder. »Aus denen besteht die Landschaft«, sagte sie. »Du hast keine Ahnung, wie wertvoll sie sind, bis sie verschwunden sind.«

Ich mochte die Dinge an London, von denen sie gewollt hätten, dass ich sie mag. Ich liebte, wie schnell alles war und wie wechselhaft.

Ich liebte Fremde, und ich liebte es vor allem, einer davon zu sein.

Ich liebte die Tatsache, dass alles, was man brauchte, einfach da war, um die Ecke, zu jeder Tages- oder Nachtzeit.

Ich mochte es, dass man nur die Füße benutzen musste, um praktisch überallhin gelangen zu können.

Ich mochte Graffiti und Abfall und den Geruch von achtzehn verschiedenen Imbissen an jeder beliebigen Straße.

Ich mochte die Art, wie die Leute miteinander sprachen, und die Art, wie sie nicht mit mir sprachen.

Ich mochte es, sieben Stationen weit in der U-Bahn dieselbe Hypothekenreklame zu lesen, weil niemand sagte, dass du einen echten Menschen anschauen musst.

Ich mochte es, dass ich nicht darüber nachdenken musste, was ich hinter mir gelassen hatte und in welchen Schwierigkeiten ich jetzt war.

Und dennoch, wenn ich den Mumm gehabt hätte anzurufen, wenn ich mit ihnen darüber hätte reden können, wie es ist, von irgendwoher zu kommen und dann irgendwo anders zu leben, dann hätte ich Folgendes gesagt:

Es gibt Dinge, die ein Landmensch in der Stadt vermisst:

Den Geruch von Luft. Und von Kuhscheiße (ehrlich). Und Kleider, die draußen in der Sonne getrocknet sind.

Das Besänftigende an der Farbe Grün.

Das unaufhörliche Flüstern der Bäume.

Die Weite des Himmels.

Dass ein Fluss nie zweimal derselbe und am Morgen immer eine Überraschung ist.

Wie laut Vögel tatsächlich sein können.

Dass das, was du kennst, da ist, auch wenn du es überhaupt nicht wahrgenommen hast, als du die Gelegenheit hattest.

Jetzt kommen die Dinge, die glühten und blitzten und piepten und surrten, als alle am nächsten Morgen aufwachten. Ich weiß es nur, weil Steve einen Rundgang durchs Haus machte und alle Gerätschaften zählte. Er kam an die Tür, hämmerte dagegen wie die Polizei, fing an zu reden, ehe ich sie öffnen konnte, spazierte herein, ehe ich ihn hereinbat. Ein richtiges Energiebündel war er, und es war noch früh.

»Was treibst du?«, sagte ich, als er irgendwas in der Küche öffnete, an der Milch roch.

»Ich wollte dir einen Kaffee machen.«

»Ich trinke keinen Kaffee.«

Er sah mich an, als ob dies eine Möglichkeit wäre, die er nie im Leben erwogen hatte. »Ich krieg ohne Kaffee nicht mal die Augen auf«, sagte er.

Er hatte sich eine Liste gemacht und er zeigte sie mir. Er las sie laut vor, während ich versuchte, wach zu werden.

Ein Verstärker für eine elektrische Gitarre (Steves), vier Stereoanlagen, drei iPods (am Ladekabel), ein Computer, drei Laptops, drei Modems, drei Telefone, zwei Anrufbeantworter, zwei Handys (am Ladekabel), zwei Fernseher, ein Aquarium (Micks), zwei Mikrowellen, vier Herde und ihre Timer, vier Radios, zwei Wecker, zwei Kühlschränke, ein Boiler, eine elektrische Heizdecke (Isabels), acht Lampen und eine tragbare Sonnenbank (Steves).

Das war nur ein Haus. Er sagte, hinzugezählt hätte er nicht mal die Wohnung, wo Cherry und das Mädchen lebten, weil sie ihn nicht reinließen. Er konnte nicht fassen, dass so viel eingesteckt sein musste. Er sagte, wir müssten irgendwas dagegen unternehmen, dass wir so viel Energie verschwendeten.

Er sagte: »Ich weiß nicht, wo anfangen.«

Dann stöberte er in meinem Zimmer herum. »Hast du nichts Elektrisches?«, sagte er. »Nicht mal ein Radio?«

Ich schüttelte den Kopf. »Nicht hier«, sagte ich.

Während er redete, fiel mir wieder ein, wie die Stille und die Dunkelheit während des Stromausfalls mich an daheim erinnert hatten. Schwarz in der Nacht, jede Nacht. Das erinnerte mich daran, dass die Stadt auf eben dem Land gebaut war, das ich längst kannte. Irgendwo unter den Straßen waren die gleiche Erde und die Steine und die Wasseradern. Mit dem Strom kam alles wieder zurück, in unserem Haus und in den unzähligen Häusern ringsum, und man konnte wieder vergessen, was darunter lag.

»Stell dir vor«, sagte ich, »wie leicht sich alles wieder in

Land verwandeln könnte, wenn ein Stromausfall ewig dauern würde, wenn nichts jemals wieder anspringen würde.«

»Wovon redest du?«, sagte Steve und blickte von seiner Liste auf.

»Darüber, dass unten drunter überall das Gleiche ist, wie sehr man auch versucht, das zu verbergen«, sagte ich.

So viel hatte ich noch nie zu ihm gesagt. Ich glaube nicht, dass er sonderlich beeindruckt war.

Die Geschichte meines Lebens

Vierter Teil
von B. Hoban

Nach Paul lernte Mum Ray kennen, und ich wünschte, sie hätte nicht. Ray war nicht sehr nett zu ihr und auch nicht zu mir und selbst zu Nancy nicht, bei der er ständig war. Am Ende hatten Nancy und Mum einen Riesenkrach, und sie warf uns raus. Nancy sagte mir, es tue ihr wirklich leid, aber sie könne nichts mehr tun. Das hörte sich für mich gar nicht gut an.

Ray hatte eine fast leere Wohnung, die ständig voller Leute war. Ich machte mir nicht mal die Mühe, meine Mary-Poppins-Tasche auszupacken, weil dort alle meine guten Sachen kaputtgegangen wären. Mum und Ray schliefen viel und waren nicht bereit, einen Finger zu rühren, und ich spielte mit den Kindern unten auf dem Spielplatz, bis ihre Mütter rausfanden, aus welcher Wohnung ich kam, und sie nicht mehr mit mir spielen durften.

Wenn Mum und Ray nicht schliefen, dann stritten sie, und Mum war andauernd unglücklich. Und dann war Ray eines Tages verschwunden, und wir waren nur irgendwelche von den Leuten in seiner schrecklichen

Wohnung. Ich ging zu Nancy zurück und sagte, bitte, hol Mum da raus. Und Nancy tat es, und sie besorgte Mum einen Job bei Mr Thing, und sie sagte, mehr könne sie einfach nicht für uns tun.

Sie hätte uns jetzt einen letzten Dienst erwiesen, meinte sie. Und sie meinte das ernst.

Ich wünschte, Ray hätte sich in Luft aufgelöst, aber das hatte er nicht, und obwohl wir ihn nicht ständig sahen wie früher, spürte ich es, wenn Mum sich mit ihm traf oder auch nur an ihn dachte, und ich bekam es mit der Angst zu tun, ich fühlte es im Bauch. Er tat ihr nicht gut, wie Süßigkeiten und Rauchen und frittierte Marsriegel und zu wenig Schlaf.

Elf (Bohemia)

Als ich wach wurde, blieb ich in meinem Zelt und aß eine ganze Packung Rosa-Panther-Kekse. Die machen dir den Mund *richtig* trocken, vor allem wenn du jede Menge davon isst. Ich musste aufstehen, um etwas zu trinken und aufs Klo zu gehen. Ich war am Platzen. Ich malte mir aus, wie schön es wäre, wenn jemand anders für mich gehen könnte, aber das klappt nie. Als ich ins Bett zurückging, war alles voll mit piksenden rosa Bröseln, die ich wegputzen musste, und das war's dann, ich war wach.

Genau in dem Moment, als ich an der Tür vorbeiging, klopfte es. Ich zuckte zusammen und schüttete mich selbst voll Wasser. Es war ein strenges Klopfen, so EINS ZWEI DREI, und ich dachte an die Polizei und an Leute mit Notizblöcken. Ich leckte das Wasser von meinem Arm und sagte nichts. EINS ZWEI DREI ging es wieder. Ich blieb ganz still, denn wenn ich mich bewegt hätte, hätten sie mich womöglich gehört.

Vielleicht hatte Isabel, wie sie gesagt hatte, diese Leute angerufen. Ich hatte Angst, dass es die waren.

Dann sagte eine Stimme: »Hallo?«, und es klang überhaupt nicht nach Notizblöcken. Es hörte sich eher an wie jemand mit zerzausten Haaren, mit nackten Füßen in einer Trainingshose. Es hörte sich nach Steve an. Ich wünschte, wir hätten eines von diesen Teilen, die man in Filmen sieht, so ein Spezialglas in einem Loch in der Tür, durch das man sehen kann, wer anklopft. Ich versuchte, durch das Schlüsselloch zu spähen, aber es war viel zu klein und zu niedrig und voller Flusen und nützte nichts.

»Hallo«, sagte die Stimme wieder. »Jemand da drin?«

Es war wohl Steve, aber wie konnte ich mir sicher sein ohne Türspion?

»Wie ihr wollt«, sagte die Stimme, und dann waren die nackten Füße auf der Treppe, und es klopfte weiter unten, und ich konnte wieder Luft holen.

Als Mum aus dem Bad kam, sah sie zerknautscht und wütend aus. Ich weiß nicht, ob Mick noch da drin war, und ich fragte nicht. Ich räumte die Bettsachen weg, weil ich den Anblick satthatte. Besen und Schaufel, um die Krümel aufzufegen, hatten wir nicht, deshalb pustete ich das meiste unters Sofa. Es knirschte ein wenig unter meinen Füßen, also zog ich Socken und Schuhe an und, da ich schon mal dabei war, alles andere auch.

»Was machst du heute?«, sagte ich, als sie wieder aus der Küche kam.

Sie hatte immer noch ihre Unterwäsche an. Sie gab mir keine Antwort.

»Ich brauch ein paar saubere Sachen«, sagte ich.

Sie sagte: »Tut mir leid, Bo.«

Ich wusste nicht, ob sie die Wäsche meinte oder dass sie zusammen mit Bartgesicht im Badezimmer abgestürzt war. »Schon gut«, sagte ich, dachte ich aber nicht.

Dann erzählte ich ihr von dem Stromausfall und dass Sam einfach bei uns eingestiegen sei.

»Mein Gott, davon haben wir überhaupt nichts mitbekommen«, sagte sie.

Ich ging zum Kühlschrank und goss alle Milch, die noch da war, in eine Tasse, und ich ließ keine für sie übrig, nicht mal einen Tropfen für eine Tasse Tee. »Gar nichts«, sagte ich, »gar nichts habt ihr mitbekommen.«

»Ich muss später mal weg«, sagte sie.

»Wohin?«

»Mich mit Freunden treffen.«

»Mit wem?«

»Kennst du nicht.«

»Wann kommst du zurück?«

Sie stützte den Kopf in die Hände und stöhnte, wie sie morgens immer stöhnt, und dann sagte sie: »Bo, hör mir auf mit deiner schlechten Laune. Du bist nicht meine Mum.«

Ich sah sie böse an, als sie das sagte, und ich weiß, ich sah doof aus, wie ich dastand in meinen zu engen Sachen und mit meinen ungewaschenen Haaren, aber daran war sie schuld. »Ja, Cherry, ich weiß«, sagte ich. »Aber du bist meine.«

Und dann sagte ich ihr, was Isabel letzte Nacht gesagt hatte, das, was ich nicht hatte hören sollen, dass sie jemanden anrufen würde, dass sie Cherry bei den Behörden melden würde, weil sie sich nicht richtig um mich kümmerte und immer weg war und völlig durch den Wind. Ich trug ziemlich dick auf. Wahrscheinlich hörte es sich *viel* schlimmer an, als es war.

Das hätte ich nicht tun sollen.

Mum saß einfach da, in BH und Höschen, die nackten Beine übereinandergeschlagen und mit ganz schmutzigen Füßen und mit verknittertem Bauch wie ein Krokodilschwanz und mit offenem Mund.

Ich ließ sie sitzen und ging zu Sam.

Ich sagte: »Ich bin es, Bohemia«, während ich klopfte, und ich klopfte sanft, um ihm keinen Schreck einzujagen.

»Was willst du?«, sagte er. Er machte nicht mal die Tür auf.

»Kannst du meiner Mum einen Job besorgen?«, sagte ich.

»Mein Gott. Ich weiß nicht. Glaub eher nicht.«

Ich wusste nicht, was ich noch sagen sollte, und ich hatte damit eigentlich nicht gleich rausrücken wollen. Ich stand einfach da und starrte auf die Linie auf meiner Seite der Tür, wo sein schwarzer Fußboden auf den durchgelatschten alten Läufer traf.

»Sonst noch was?«

»Nein«, sagte ich.

Ich zählte im Kopf bis zehn und ging nicht weg, obwohl ich wusste, dass er das wollte. Dann fragte er mich, ob alles in Ordnung sei mit meiner Mum.

»Nein«, sagte ich.

»Was hat sie denn?«

»Alles.«

Da öffnete Sam die Tür. Wir guckten beide auf seine großen Füße. Er hatte keine Schuhe an.

»Können wir rausgehen?«, sagte ich.

»Eher nicht.«

»Bitte, Sam, nur ganz kurz.«

»Wo willst du hin?«

»Egal, wo du hinwillst«, sagte ich.

»Ich muss zur Arbeit«, sagte er.

Ich musste bitten und betteln.

Er zog sich Schuhe an, und wir gingen nach unten und aus dem Haus. Wir sahen niemanden. Es war kalt, und meine Arme waren zu lang für meine Jacke. Sie ragten aus den Ärmeln heraus, und wenn ich die runterziehen wollte, wurde es zu eng um meine Schultern.

»Ich bin größer geworden«, sagte ich.

Sam war richtig groß, aber seine Jacke passte ihm gut. Ich fragte ihn, ob er aufgehört hätte zu wachsen. Er blickte auf seine Hände, als ob die ihm das verraten würden. »Ich glaub nicht«, sagte er.

»Aber du bist riesig.«

»Mein Dad ist über eins neunzig«, sagte er.

Ich sagte, ich würde gern wissen, ob mein Dad groß sei. »Ich muss warten, bis ich nicht mehr wachse, dann weiß ich es. Wenn ich wirklich groß werde, dann ist er es vielleicht auch.«

»Hast du die roten Haare von deinem Dad?«

»Ich weiß nicht«, sagte ich. »Ich hab ihn nie gesehen.«

»Kein Foto oder irgendwas?«

»Nein.«

»Also, du solltest Cherry fragen, wo sie herkommen.«

»Was?«

»Deine Haare. Die sind mir gleich aufgefallen, als ich dich zum ersten Mal gesehen hab«, sagte er. »Du bist mir in Erinnerung geblieben wegen deiner roten Haare.«

Ich verzog das Gesicht. »Ich hasse sie.«

»Hör auf zu spinnen«, sagte er. »Sie sind toll. Du wirst sie mögen, wenn du mal älter bist.«

»Ich werd sie färben, wenn ich älter bin«, sagte ich.

»Tu das nicht.«

»Warum nicht?«

Wir kamen an der U-Bahn-Haltestelle vorbei, und er fragte mich, ob ich je in der National Gallery gewesen sei.

»Der was?«

»Trafalgar Square. Du weißt doch, Nelson's Column, Skulpturen, Brunnen, National Gallery?«

»Kenn ich nicht.«

»Ich auch nicht, aber ich wollte immer mal hingehen.«

»Dann lass uns gehen«, sagte ich.

Ich fragte, warum ihm das eingefallen sei. Er sagte, er hätte gehört, dass eine Menge schöner Damen da drin seien, mit Haaren wie meinen. Er sagte, wir sollten uns die mal ansehen.

»Was ist mit deiner Arbeit?«, sagte ich.

»Ich hab geschwindelt. Ich fang erst um sieben an. Wir haben jede Menge Zeit.«

Sam war *komisch* in der U-Bahn. Als müsste er angestrengter als alle anderen überlegen, wo er seine Fahrkarte reinstecken musste und wo es langging, so Sachen eben.

»Es ist, wie wenn du von einem anderen Planeten wärst«, sagte ich.

»Ich dachte, ich sei herzzerbrechend cool«, sagte er, und ich lachte noch mehr, denn das war er nicht.

»Mornington Crescent!«, sagte er, als ob das etwas Besonderes wäre. Wir waren nur eine Station gefahren.

»Was?«

»Meine Mum hört das im Radio. Es ist ein Spiel, aber eigentlich nur Unsinn.«

Ich sagte: »Das ist der Anfang der Camden High Street.«

»Ja, weiß ich. Aber es ist dieses Spiel, und sie lacht laut und weiß nicht mal, wieso.«

Dann verstummte er, und ich beobachtete ihn, weil ich wusste, dass er an seine Mum dachte. Es muss schön sein, ein Bild von jemandem im Kopf zu haben, der sich totlacht wegen etwas im Radio.

Der Trafalgar Square war riesig und hatte Brunnen und alles. Ich war oft mit dem Bus daran vorbeigefahren, aber ich war nie mittendrauf ausgestiegen und hatte nie gesehen, wie riesig und elegant es hier wirklich war. Alles hatte eine blassgoldene Farbe, der Boden und die Gebäude und alles, als ob da in der Nacht, wenn alle schliefen, geputzt würde.

Die National Gallery kostete nichts, es gab nur diesen

großen durchsichtigen Geldkasten, wo du reinwerfen konntest, was du wolltest. Manche Leute hatten Zweipencestücke reingetan und manche Fünfpfundscheine, und es waren auch Knöpfe und Taschenflaum drin, vielleicht von Leuten, die meinten, die Bilder würden nicht viel hermachen.

Ich mochte sie. Sehr. Es gab so viele zum Ansehen, dass ich dachte, mein Kopf könnte sich mit Bildern anfüllen und keinen Platz mehr für irgendwas anderes haben.

Die Frauen mit den roten Haaren wie ich waren schön und rekelten sich auf Sofas, als ob sie nichts weiter mit ihrer Zeit anzufangen hätten. Nach einer Weile sahen sie alle gleich aus, aber da war eine runzlige alte Dame, die ich mochte. Von Weitem sah sie aus wie ein richtiges Foto. Dann, wenn man näher kam, wie man sich einer echten alten Lady nähert, war ihre Haut rosa und grün und gelb und lila und alle Farben, die man sich denken konnte, und es war klar, dass jemand das mit einem Pinsel gemacht hatte. Ihre Augen hatten vieles zu sagen, mehr als die gelangweilten Mädchen auf den Sofas. Ich sah sie lange an.

Als wir rausgingen, steckte ich die Hälfte von meinem Geld in den Kasten. Ich hätte noch mehr reingetan, aber ich wollte ein Sandwich.

Wir gingen zum Fluss, und es war gerade Ebbe, also kletterten wir hinunter auf die Steine und den Abfall und alles. Sam hob ein Stück von einem alten Teller auf und gab es mir. Es war ungefähr so groß wie ein Zehnpencestück und hatte zwei Blätter drauf. Er sagte, das sei

Efeu. Vielleicht waren sie mal grün, aber jetzt waren sie ganz verblasst und blau. Ich hielt das Stück fest. Es fühlte sich glatt an unter meinem Daumen. Wir mussten aufpassen, wo wir hintraten. Überall waren alte Mauerstücke und rostige Eisenstangen und Glasscherben.

»Alles in Ordnung mit dir?«, sagte ich, und er nickte. »Und mit dir?«

Ich sagte, meine Mum würde mich traurig machen. Es war das erste Mal, dass ich es zu irgendjemand laut sagte, und danach wollte ich mich hinsetzen und weinen.

Sam sagte, er glaube, meine Mum bräuchte Hilfe, und ich sagte, ich würde mein Bestes tun. »Nicht von dir«, sagte er.

Dazu sagte ich nichts.

»Bist du wirklich von zu Hause weggelaufen?«, fragte ich, und er sah mich stirnrunzelnd an und schüttelte den Kopf. Ich fragte ihn, hätte Isabel das nicht gesagt? »Dass dich niemand hier kennt und so.«

»Woher will sie das denn so genau wissen?«

»Ja, aber es stimmt doch, oder?«

Er lachte, als würde er Luft auspusten, und gab keine Antwort.

»Ich bin auch mal weggelaufen«, sagte ich. »Aber ich bin nicht so weit gekommen wie du.«

»Wo bist du hin?«

»Ich bin zum Bahnhof, aber ich hatte kein Geld.«

Ich betrachtete die kleinen rissigen Muster auf der Tellerscherbe, die er mir gegeben hatte. Ich kratzte mit dem Finger daran herum.

»Was hast du dann gemacht?«

»Ich bin nach Hause gegangen.«

»Hast du eine Nachricht hinterlassen?«

»Natürlich.«

»Und was hat Cherry gemacht, als du wiederkamst?«

»Oh, sie hat es nicht bemerkt«, sagte ich. »Sie dachte, ich wär die ganze Zeit in meinem Zimmer.«

Da sah er mich an und langte herüber und strich mir durch die Haare. »Was war mit dem Zettel? Hat sie den nicht gesehen?«

»Der ist hinter den Schrank gefallen. Ich hab ihn später vorgeholt.«

Sam sah mich an, und ich blickte auf das graue, suppige Wasser. »Hast du einen Zettel hinterlassen?«, fragte ich.

»Nein.«

»Warum nicht?«

»Weil ich nicht wusste, was ich sagen sollte.«

»Das ist schlecht. Du hättest einen Zettel hinterlassen sollen.«

»Warum?«

»Damit die anderen wissen, dass du gehst und so. Damit sie nicht meinen, du wärst entführt worden oder in ein Loch gefallen.«

»Also, ich hab jedenfalls keinen dagelassen«, sagte er. »Ich bin in ein Loch gefallen. Ich dachte nicht, dass es jemand kümmern würde.«

»Warum bist du weg?«

»Warum bist du weg?«

»Ich hab zuerst gefragt«, sagte ich.

Sam sagte, er hätte als Zweiter gefragt, und dann sagte keiner von uns mehr irgendwas. Er nahm mir das Tellerstück aus der Hand und starrte es an.

»Ich bin nach einer halben Stunde heimgegangen«, sagte ich. »Du wirst immer noch vermisst.«

Er sah mich nicht an und auch nicht den Fluss oder irgendwas. Er kratzte nur weiter an dieser Tellerscherbe herum.

»Können wir von was anderem reden?«, sagte er.

Als ich nach Hause kam, lagen saubere Kleider für mich auf dem Sofa, sie waren gestapelt und gefaltet und rochen gut. Mum hatte sich die Haare zurückgebunden und kein Make-up und bequeme Sachen an. Sie lächelte, als ob sie etwas Wunderbares getan hätte und alle das feiern müssten. Ich wollte auch lächeln, aber ich war immer noch sauer.

Ich hob die ersten T-Shirts hoch und ließ sie absichtlich zu Boden fallen. »Ich kann die nicht anziehen«, sagte ich. »Die sind viel zu klein.«

Mums Lächeln gefror, und sie nahm ihre Schlüssel und sagte: »Gut, dann geh ich und red mal ein Wörtchen mit dieser Kuh da unten.«

»Was?«, sagte ich, und wollte das, was ich gerade getan hatte, am liebsten ungeschehen machen. Ich wollte noch mal ins Zimmer kommen und sie umarmen und Danke sagen, dass sie meine Sachen gewaschen hatte.

»Diese Alte im Erdgeschoss«, sagte Mum. »Die meint, sie will uns bei der Fürsorge verpfeifen.«

»Tu das nicht«, sagte ich.

»Warum nicht?«, schrie Mum mich an.

»Sie hat doch gar nirgends angerufen«, sagte ich. »Die sind nicht gekommen.«

»Ich lass mir doch nicht gefallen, dass du mir *deretwegen* frech kommst«, sagte sie. »Ich hab doch keine Angst vor einer Alten wie der.«

Ich versuchte, sie zurückzuhalten. Ich hielt sie am Arm fest und sagte hundertmal Bitte, aber wenn meine Mum einmal beschlossen hat, es jemandem zu zeigen, ist meist nichts mehr zu machen.

Ich drückte die Hände auf die Ohren und sang, damit ich mir das Geschrei nicht anhören musste.

Steve kam aus dem Untergeschoss hoch. Ich sah ihn durch das Fenster. Mick kam aus seiner Wohnung und raste so schnell die Treppe hinunter, dass er gegen die Wände stieß. Er hörte sich an wie eine fallende Kiste. Ich konnte sie reden hören, sie versuchten, Isabel und Mum davon abzuhalten, sich gegenseitig zu zerfetzen.

Ich war froh, dass Sam arbeiten war und sich nichts davon anhören musste.

Als die Haustür knallte, sah ich wieder aus dem Fenster. Es waren Mick und meine Mum. Er hatte ihr den Arm um die Schultern gelegt, und sie hatte nichts an den Füßen. Sie standen einfach nur ganz eng auf der Straße und redeten, und ich beobachtete sie durchs Fenster, aber ich konnte nicht hören, was sie sagten.

Isabel sagte überhaupt nichts mehr. Bei ihr war es ganz still.

Ich schämte mich, dass ich der Grund für die ganze Aufregung war.

Ich hätte den Mund halten sollen.

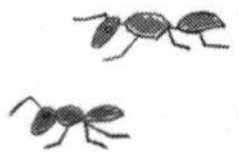

Zwölf (Sam)

Ich hatte keine Ahnung, wie viel Isabel wusste, bis sie anfing zu reden. Ich war bei ihr in der Küche und reparierte eine Schranktür, deren Scharniere ausgeleiert waren. Keine Ahnung, wie sie mich dazu überredet hatte. Sie sagte, Steve sei außer Haus. Ich glaube, das war eine Finte, um mich zu ihr runterzulocken. Wahrscheinlich hat sie die Tür absichtlich aus den Angeln gerissen.

Bohemia war wieder mal mit Matte im Park. Wir hatten ihnen hinterhergesehen, wie sie davongingen, wie sie mit ihm plauderte wie mit einem Menschen, als würde er jedes Wort verstehen.

»Wie war sie gestern drauf?«, fragte Isabel.

»Ach, Sie wissen schon«, sagte ich. »Redselig.«

»Du Armer«, sagte sie. »Du kommst hierher wie ein Einsiedler unter einem Schweigegelübde und wirst von einer Zehnjährigen adoptiert, die wie ein Wasserfall redet.«

Sie sagte, sie hätte einen Streit mit Cherry gehabt: »Wenn dieses Mädchen wütend ist, ist sie *kein* netter Anblick.«

»Sie dagegen schon, wetten?«, sagte ich.

Mein Kopf steckte in ihrem Schrank. Ich sprach gegen die Tür. Meine Stimme prallte von den Wänden ab und hallte mir entgegen. Ich stellte mir Bohemia mit dem Hund im Park vor, wie sie munter drauflosquasselte, mit ihren dürren Ärmchen und Beinen und ihren Pringles zu Mittag und ihren müden Augen und ihrem Lächeln. Ich glaube, wir beide dachten an sie. »Armes Kind«, sagte ich.

»Da hätten wir dann schon zwei davon«, sagte sie.

»Mir geht's gut.«

»Sei nicht albern.«

»Doch, Isabel. Und ich bin wohl kaum mehr ein Kind.«

»Du bist jemandes Kind«, sagte sie.

Drinnen im Schrank zog ich eine Grimasse. Sie konnte mich nicht sehen.

»Wie lange willst du das noch treiben?«, sagte sie. »Ich liege nachts wach und mache mir Sorgen um dich, das weißt du genau.«

»Ist nicht nötig«, sagte ich. »Ich leb nicht gerade auf der Straße. Und ich hab immerhin einen Job.«

»Dir geht's sehr gut«, sagte sie. »Deine Lieben würden sehr stolz sein, wenn sie wüssten, dass du am Leben bist.«

»Lassen Sie das sein«, sagte ich.

»Was denn?«

Ich seufzte schwer und sagte nichts.

»Tu nicht so enttäuscht von mir«, sagte sie. »Ich versuch nur zu helfen.«

»Sie wissen nichts über mich«, sagte ich. »Überhaupt nichts.«

»Nun, das ist doch genau der Punkt.«

»Ja«, sagte ich. »Und deshalb bin ich eingezogen.«

»Ins falsche Haus«, sagte sie.

Ich schraubte die Schranktür wieder an, wischte mit einer Hand das Sägemehl von der Arbeitsplatte und fing es mit der anderen auf.

»Fertig«, sagte ich.

»Danke schön.«

Ich wandte mich zur Tür.

»Du musst sie anrufen«, sagte sie. »Oder ihnen sogar schreiben. Du musst ihnen sagen, dass du am Leben bist.«

»Isabel, *bitte* halten Sie sich da raus.«

»Tut mir leid, Sam, aber wenn du sie nicht anrufst, dann werd ich es tun.«

Ich wandte mich zu ihr um. Sie war am anderen Ende des Flurs, diese kleine, entschlossene alte Frau, die sich in anderer Leute Dinge einmischte.

»Wie kommen Sie darauf, das zu tun?«

»Weil deine Eltern sich Sorgen machen.«

»Sind Sie sich sicher?«

»Ja, bin ich.«

»Sie haben ihre Nummer nicht«, sagte ich. »Wie wollen Sie da anrufen?«

»Nun, die werd ich schon rausfinden.«

»Wie denn? Ich werde sie nicht einfach verraten, weil Sie mich Ihren Hund haben ausführen lassen. Ich bin nicht Bohemia. Ich bin kein mutterloses kleines Kind, das nicht weiß, was Sie vorhaben.«

»Im Augenblick schon.«

Ich legte die Hände an die Stirn und bat sie ganz

freundlich: »Isabel, lassen Sie mich in Ruhe, okay? Ich meine es ernst.«

Sie ließ nicht locker. »Sam Cassidy«, sagte sie. »Geboren wann? 1991? 1992?«

Ich wäre am liebsten einfach gegangen. »Na und? Ich bin sicher nicht der Einzige.«

»Bist du der einzige Sam Cassidy, der auf die Highfield School ging?«

Dieser kalte, bodenlose Ort tat sich plötzlich in mir auf.

»Woher wissen Sie das?«, sagte ich.

»Es ist die Hölle für deine Mum und deinen Dad«, sagte sie. »Wie lange bist du schon weg?«

»Hören Sie auf!«, rief ich.

»Die werden sich zu Tode ängstigen. Für die Menschen, die du zurücklässt, geht das Leben nicht einfach so weiter.«

»Sie haben überhaupt keine Ahnung«, sagte ich.

»Es stand auf deinem T-Shirt.«

»Was?«

»In der Nacht, als ich ausgeschlossen wurde und du mich reingelassen hast, halb im Schlaf. Highfield School stand auf deinem T-Shirt.« Sie lachte über mich. »Wenn du spurlos verschwinden willst, nimmst du normalerweise nicht deine Schuluniform mit.«

»Warum tun Sie mir das an?«, sagte ich.

Isabel schüttelte den Kopf. »Sei nicht so kindisch, Sam. Ich will dir nur helfen, das Richtige zu tun.«

Ich fühlte mich bleischwer, erschöpft. »Warum müssen die wissen, wo ich bin?«, fragte ich.

»Warum glaubst du wohl?«

»Wollen Sie wissen, was ich glaube? Ich glaube, es geht ihnen jetzt besser.«

Sie fragte mich, ob ich das wirklich ernst meinte, ob ich das tatsächlich glaubte. »Warum redest du so daher?«, sagte sie.

»Sie wissen nicht, was ich getan habe.«

»Dann sag es mir.«

Da schrie ich sie an. Nein, sagte ich. »Niemand hier weiß, was ich getan habe.«

Bin ich nicht genau deshalb hierhergekommen?

Dreizehn (Bohemia)

Ich wartete, so lange ich konnte, auf Mum, aber ich glaube, sie blieb in dieser Nacht bei Mick, weil sie nicht nach Hause kam. Sie ließ es mich büßen, dass ich sauer auf sie war. Ich putzte, damit sie sich über mich freute und merkte, dass es mir leidtat. Ich schüttelte das Bettzeug aus und machte die Küche sauber, dann das Klo, und dann ließ ich ein großes Bad mit Schaum ein, wie Mum es immer macht. Ich wusch mich ganz, sogar meine Haare, jetzt, da ich meine Haare doch mögen sollte. Ich musste Spülmittel nehmen, denn alles andere war aufgebraucht. Meine Haare quietschten davon, aber sie fielen mir nicht aus oder so, also war es okay. Ich machte mir ein Oberteil aus Seifenschaum und lag einfach nur da wie eine Meerjungfrau. Es war Luxus.

Isabel klopfte an die Tür und auch Steve, aber ich war beide Male im Wasser und schaute meine Finger an, die schrumpelten wie Rosinen und waren so kraftlos, dass ich nicht aus der Wanne steigen konnte, um sie zu retten. »Ich bin im Bad«, sagte ich und planschte viel und laut.

Isabel fragte, ob ich Lust hätte, auf einen Tee runterzukommen.

Steve wollte Mum sprechen. Er sagte, es ginge um

die Miete. Ich hoffte fest, dass er uns nicht rauswerfen würde, weil wir uns mit Isabel gestritten hatten.

Ich sagte: »Ist sie zu spät?«, und er sagte: »Ist wer zu spät?«

»Die Miete?«

»Oh. Nein, schon gut. Ich wollte ihr nur eine Quittung geben.«

»Da bin ich aber froh«, sagte ich. Ich hielt den Atem an und hob die Füße hoch, sodass ich mit dem Kopf unterging. Ich hörte nicht, was er als Nächstes sagte oder wann er wegging.

Später lag ich eine Ewigkeit im Bett herum und malte Bilder, und sie kam immer noch nicht. Ich muss beim Warten eingeschlafen sein.

Am nächsten Tag spielte ich mit Matte, ich warf seinen kaputten Ball für ihn die Treppe hinunter. Isabel sagte, er würde noch einen Herzanfall bekommen, wenn ich ihn immer so rauf- und runterhetzte, denn er sei wie ein alter Mann, und da machte ich mir Sorgen, bis sie sagte, sie hätte nur gescherzt. Ich guckte ewig lange Fernsehen bei ihr. Dann kam Sam runter, um etwas zu reparieren, und ich musste mit Matte nach drüben in den Park gehen. Ich wollte eigentlich nicht, aber Isabel nickte ständig mit dem Kopf und deutete mit dem Finger, als ob ich gar keine andere Wahl hätte. Als ich zurückkam, buken wir Kuchen in Papierförmchen, und sie sagte, sie seien so gut, dass wir sie alle aufessen und es niemandem erzählen sollten. Wir saßen am Küchentisch und hatten die Münder voller Kuchen.

»Wo ist Sam?«, fragte ich. »Sollten wir ihm nicht einen aufheben?«

»Er ist ausgegangen«, sagte sie. »Er ist sauer auf mich.«

»Warum?«

»Weil ich eine alte Frau bin, die sich dauernd einmischt.«

»Er ist nicht sauer«, sagte ich. »Er vermisst Max.«

»Wer ist Max?«

»Sein Freund. Der weiß alles über Ameisen. Sam hat mir von ihm erzählt.«

»Was hat Sam dir erzählt?«

Ich fragte sie, ob sie wisse, dass Ameisen wie Bauern seien. »Sie züchten keine Kühe, *natürlich,* weil Kühe zu groß sind, aber sie züchten diese kleinen Käfer, die Blattläuse. Sie haben ganze Herden Blattläuse, die sie melken und alles.«

»Ist das wahr?«, sagte sie.

»Jep.«

»Also, da wär ich nie draufgekommen. Was hat Sam dir noch erzählt?«

»Er sagte, Ameisen würden mehr wiegen als Menschen, wenn man alle zusammenzählte, aber das glaube ich ihm nicht. Er hat mir von diesem Ding erzählt, das er gesehen hat, wo sie Beton in einen Ameisenbau gegossen haben und ihn dann exkadingst haben oder wie es heißt, alles ausgegraben, aber ganz sachte, mit Bürsten, und es sah aus wie etwas aus der Zukunft, mit all diesen Gehäusen und Laufpisten und so.«

»Kolonie«, sagte Isabel. »Ein Ameisenbau wird Kolonie genannt.«

»Okay.«

Ich legte einen Kuchen für Sam beiseite. Ich sagte, es tue mir ganz arg leid, dass sie mit meiner Mum gestritten habe.

Isabel zuckte mit den Achseln, so wie man es tut, wenn man so tut, als ob es einem egal wäre, aber man trotzdem noch sauer ist. »Auf einmal verkrachen sich alle mit mir.«

»Ich nicht«, sagte ich, und sie griff über den Tisch nach meiner Hand und drückte sie und sagte, ich sei ein Schatz.

Ich wollte sagen, dass es meine Schuld war, der Streit, weil ich gehört hatte, was sie auf der Treppe gesagt hatte, als ich im Bett sein sollte. Ich war drauf und dran, aber ich wollte nicht, dass ich und Sam Ärger bekamen wegen der Kletterei am Haus, und dann wechselte sie ohnehin das Thema und fragte mich wieder, warum ich nicht zur Schule ginge, ein kluges Mädchen wie ich.

»Ich weiß nicht«, sagte ich, weil Mum nicht da war und ich sie nicht fragen konnte.

»Warum weißt du es nicht?«, sagte sie.

»Ich weiß nicht.«

»Nun, denk mal drüber nach.«

Das tat ich dann auch.

Später wollte ich Sam treffen. Ich ging ihn suchen. Er war nicht in seinem Zimmer, also wartete ich. Ich dachte mir nichts Besonderes dabei.

Er beachtete mich nicht, als er heimkam. Ich dachte,

er hätte mich nicht gesehen, also sagte ich Hallo, und er öffnete die Tür und ich schlüpfte unter seinem Arm hindurch hinein. Ich konnte sehen, wo er gesessen hatte, bevor er zur Arbeit ging, direkt am Fenster. Da war ein zusammengelegter Pulli, wie ein Kissen, und eine Tasse mit einem Rest kaltem Tee.

»Was machst du hier?«, sagte er.

»Nicht viel.«

»Warum machst du das nicht in deinem Zimmer?«

»Isabel sagte, du seist sauer auf sie.«

»Bin ich auch.«

»Weswegen?«

»Weil die Alte sich in alles einmischt.«

»Das hat sie auch gesagt.«

»Gut.«

Ich hauchte jetzt gegen das Fenster und malte Herzen darauf. »Was hat sie denn getan?«

»Sie kümmert sich nicht um ihre eigenen Angelegenheiten. Sie schnüffelt bei allen rum.«

Ich sagte, ich fände sie nett, wo sie doch die ganze Zeit nur helfen wolle.

Sam blickte auf mich hinab. Er sah wütender aus, als ich ihn je gesehen hatte. »Wo ist deine Mum, Bohemia?«, fragte er.

Ich hauchte wieder gegen das Fenster. »Sie ist mal eben weg.«

»Für wie lange?«

»Weiß nicht.«

Ich versuchte, ein Haus zu malen, ohne den Finger von der Scheibe zu nehmen. Es ist so ein Quadrat mit einem Kreuz drin und einem dreieckigen Dach, und ich weiß, dass es geht, aber ich wusste einfach nicht mehr, wie anfangen. »Sie ist dafür, dass ich in die Schule gehe«, sagte ich.

Er schob die Brauen zusammen und sah aus dem Fenster. »Wer? Isabel?«

»Ja.«

»Siehst du? Was geht es die denn an?«

»Ich glaub, es ist nett, dass sie dafür ist.«

Ich fragte ihn, ob er gern zur Schule gegangen sei, und er sagte, es wäre schon okay gewesen. Ich fragte ihn nach seinen besten Fächern, und er sagte: »Mathe und Fußball«, was einfach komisch war.

Ich sagte: »Welche Farbe hatte deine Uniform?«

»Blau.«

»Wie viele Leute waren in deiner Klasse?«

»Ich will jetzt nicht spielen«, sagte er.

»Hast du viele viele viele Freunde gehabt?«

Er seufzte. »Ich hatte schon einige.«

Ich sagte: »Glaubst du, dass du je wieder hingehen wirst?«

Sam knurrte und stützte den Kopf in die Hände und sagte: »Ich weiß nicht, Bohemia. Mein Gott, du bist genauso schlimm wie die. Steckt ihr unter einer Decke, oder was?«

Ich sagte, ich würde doch nur fragen. Er sah mich nicht an und lächelte auch nicht und nichts.

Ich sagte: »Ich wollte nur was über die Schule erfahren. Ich war schon eine Ewigkeit nicht mehr da, und ich weiß nicht, wie es ist. Ich kenn niemandem, der im selben Alter ist wie ich, und ich will nicht gehänselt werden, weil ich dumm oder rothaarig oder neu bin. Ich wollte, dass du mir hilfst. Ich wollte nicht deine doofen Geheimnisse erfahren.«

Ich nahm ein Buch in die Hand, das neben seinem Bett lag. Ich versuchte, sein Handy einzuschalten. Da sagte Sam gemeine Dinge.

Er sagte, ich solle seine Sachen in Ruhe lassen.

Er sagte, er sei der Letzte, den ich fragen sollte.

Er sagte, ich solle gehen und mit jemandem reden, den es interessiere.

Er sagte, es sei nicht seine Schuld, dass meine Mum eine Trinkerin und ein Junkie und eine Versagerin sei.

Er sagte, er könne sich nicht mehr um mich kümmern.

Er sagte: »Warum vergisst Cherry, nach Hause zu kommen, Bohemia? Liegt es daran, dass du *verdammt noch mal nicht aufhörst zu quasseln?*«

Junge, das würde ihm am nächsten Morgen noch leidtun.

Vierzehn (Sam)

Ich hatte ein schlechtes Gewissen, sobald sie weg war. Keine Frage, das hatte ich. Sie stand an der Tür und hatte die Arme verschränkt, als ob sie sich selbst knuddeln würde, ich denke, weil niemand anderes es tat. Sie sagte, sie würde jetzt gehen. Sie sagte, sie hätte geglaubt, ich wäre ihr Freund, aber da hätte sie sich offensichtlich getäuscht. Sie sagte, es tue ihr sehr leid, einen solchen Fehler gemacht zu haben.

So hat sie es nicht gesagt. Bohemia Hoban hat ein übles Mundwerk.

Ich hatte ein schlechtes Gewissen, kaum dass sie nicht mehr da war. Ich hätte ihr hinterherlaufen und es wiedergutmachen sollen, aber das tat ich nicht. Ich bin ein Idiot.

Ich legte mich, ohne mir die Schuhe auszuziehen, auf meine Matratze. Ich starrte zum Himmel. Ich versuchte zu schlafen.

Ich dachte darüber nach, was für ein schlechter Mensch ich war, und ich fragte mich, wann das eigentlich so gekommen war und warum ich so lange gebraucht hatte, um es zu bemerken.

Ich schlief dann ein, auf eine Art, in der du denkst, du bist die ganze Zeit wach. Ich erwachte im Dunkeln aus einem Traum, an den ich mich nicht erinnern konnte, ich wusste nur, dass er sich um Max drehte. Der Traum drängte mich, aufzustehen und zur Telefonzelle zu gehen. Es war nicht Nacht, und es war nicht Morgen. Ich konnte mich nicht entschließen. Ich dachte tatsächlich, ich würde ihn anrufen. Ich bin nicht sicher, wann mir klar wurde, dass es nicht passieren würde – irgendwo draußen, als ich auf dem Gehweg war und schließlich den Hörer abnahm. Ich legte wieder auf und stand da im Pissegestank, blickte hinaus und sah nichts.

Also war es zur Abwechslung mal ich, der am nächsten Tag zu irgendeiner unmöglichen Zeit morgens gegen Bohemias Tür hämmerte. Ich sagte: »Bohemia, komm schon! Es tut mir leid.«

Keine Antwort, nur Bettgeraschel.

»Wirklich, ich mein es ernst. Das heißt, ich hab es nicht ernst gemeint«, sagte ich. »Das, was ich gestern gesagt hab. Ich war nur schlecht gelaunt, das ist alles. Nicht wegen dir.«

Die Tür ging auf, und Cherrys feines, hageres Gesicht erschien im Spalt. »Da fällt mir ja ein Stein vom Herzen«, sagte sie.

»Wo ist Bohemia?«, fragte ich.

»Keine Ahnung«, sagte sie. »Ich dachte, sie wär bei einem von euch.«

»Bist du sicher, dass sie nicht da ist?«, fragte ich. »Dass sie nicht im Bad schläft, oder so?«

»Wer zum Teufel ist das?«, knurrte Micks Stimme von irgendwo drinnen. »Wie spät ist es, um Gottes willen?«

»Sie ist nicht hier«, sagte Cherry. »Geh jetzt.«

Ich ging hinunter zu Isabel. Ich musste nicht klopfen, um sie aus dem Bett zu holen. Sie war schon auf und wischte mit einem alten Geschirrtuch die Haustür. »Bevor du fragst, es ist Essig«, sagte sie.

»Wie bitte?«

»Der Geruch. Ich hab meine Fenster geputzt.«

Ich fragte sie, wann sie denn morgens aufstehe.

»Ich konnte nicht schlafen.«

»Warum nicht?«

Sie hob die Schultern und rieb weiter den Türlack ab. »Es tut mir leid wegen gestern«, sagte sie.

»Mir auch.«

Sie lächelte. »Ich hab das nicht so gemeint«, sagte sie. »Ich würde in Wahrheit nicht da anrufen. Würde ich nie machen.

»Schon gut.«

»Ich hab dir eine Nachricht geschrieben«, sagte sie. »Ich hab überlegt, ob ich sie dir bringen soll.«

»Wo ist sie?«

»Auf dem Küchentisch.«

»Kann ich sie lesen?«

Sie zuckte mit den Achseln und scheuerte besonders eifrig eine winzige Stelle des Türknaufs. »Mir wär lieber, du lässt es bleiben.«

»Ist Bohemia bei Ihnen?«, sagte ich.

»Nein. Die ist sicher oben, schläft wie ein Baby. Es ist halb sieben, Sam.«

»Ich weiß«, sagte ich. »Ich hab Cherry aufgeweckt.«

»Ha! Gut.« Sie zwinkerte mir zu.

»Bohemia ist nicht da«, sagte ich.

»Wetten, dass doch.«

»Mick ist da«, sagte ich.

Isabel rollte mit den Augen und schnalzte mit der Zunge. »Na, das sind mir zwei Turteltäubchen.«

»Ich hab ein echt ungutes Gefühl, Isabel. Sie ist nicht hier.«

»Diese Frau kann doch vor zehn Uhr morgens nicht mal ihre eigene Nase finden. Geh und schau selber nach.«

Ich ging wieder nach oben und holte Cherry erneut aus dem Bett. Das störte sie mehr als der Gedanke, dass ihre Tochter mitten in der Nacht irgendwohin verschwunden sein könnte.

»Wann bist du nach Hause gekommen?«, fragte ich.

»Woher soll ich das wissen?«

Ihr Make-up war im Schlaf zerlaufen. Es überzog die schwammige, aufgedunsene Haut unter ihren Augen mit pockigen Flecken aus Lidschatten und Glitzergel.

»Na ja, war es dunkel?«, sagte ich. »Sangen die Vögel? Waren Leute unterwegs, und gingen die nach Hause oder zur Arbeit?«

»Bist *du* das schon wieder?«, rief Mick.

»Es war dunkel«, sagte sie mit geschlossenen Augen, den Kopf an die Tür gelehnt. »Mir ist der Schlüssel auf die Straße gefallen, und ich musste mit dem Feuerzeug nach ihm suchen.«

»Wo warst du?«, fragte ich.

»Was geht dich das an?«

»Geht mich überhaupt nichts an. Kann ich reinkommen?«

Sie lachte. »Nur zu, Schätzchen. Je mehr, desto besser.«

Die Laken des Bettsofas lagen auf dem Boden herum. Das Zimmer roch wie ein Aschenbecher.

Bohemia war nicht da.

Ich ging zu Isabel zurück. Ich sagte: »Glauben Sie, dass sie weggelaufen ist?«

Sie hatte tiefe Runzeln im Gesicht, wie mit einem Bleistift eingezeichnet, und düstere Furchen in der Haut. »Warum sollte sie das tun?«, sagte sie.

»Ich weiß nicht. Vielleicht langweilt sie ihr Luxusleben.«

»Na, und wo sollte sie hingehen?«

»Ich hab keine Ahnung.«

Dann durchsuchten wir das Haus. Wir klopften bei Steve. Wir brachten Mick dazu, bei sich aufzuschließen. Wir sahen im Hof nach. Isabel schaute sogar in Mattes Körbchen.

Bohemia war verschwunden.

Alle hatten ihre Ideen.

Vielleicht war sie bei den Läden.

Oder spazieren gegangen.

Oder sie hatte ein Versteck, auf das wir nicht gekommen waren, und wartete darauf, dass wir sie fanden.

Vielleicht würde sie gleich zurück sein.

Vielleicht war sie doch oben und schlief wie ein Murmeltier.

»Sie wird sich freuen, dass es jemand aufgefallen ist«, sagte ich, aber keiner wusste, wovon ich redete.

Schon jetzt, da alle sorgfältig darauf bedacht waren, nicht in Panik zu geraten, wusste ich, dass sie weg war.

Es bedrückte mich, dass sie vielleicht wegen mir verschwunden war.

Fünfzehn (Bohemia)

Hätte ich doch Matte mitnehmen können. In all den Abenteuergeschichten, die ich gesehen hatte, wo Kinder weglaufen und mit dem Feuer spielen, ist immer ein schlauer Hund dabei. So schlau war Matte vielleicht gar nicht, und ich hätte ihn tragen müssen, weil er nicht so gut zu Fuß ist. Aber wenigstens hätte er mich nachts gewärmt, denn es war manchmal verflucht kalt. Natürlich hätte ich ihn nicht einfach so mitnehmen können. Und er hätte mich wahrscheinlich angebellt, wenn ich mich in einem entscheidenden Moment irgendwo versteckt hätte, und dann wäre ich erwischt worden. Und ich wollte nicht, dass es *irgendwer* erfuhr.

Ich stahl das Geld aus Sams Zimmer. Ich hatte das gar nicht vor, ehrlich. Es steckte in einem Buch. Das wollte ich stehlen. Er war da gerade furchtbar gemein zu mir, also hatte ich deswegen kein schlechtes Gewissen. Ich steckte das Buch einfach unter meinen Pulli, als er böse aus dem Fenster starrte und Sachen über meine Mum sagte und dass er nicht mehr mein Freund sein wolle und alles. Als ich in mein Zimmer zurückkam, fiel dieses viele Geld raus, und da wusste ich, was ich tun würde.

Ich zählte es nicht. Ich steckte es in meine Socke. Es hatte überraschend scharfe Ränder.

Ich zog meine wärmsten und dichtesten Sachen an. Ich nahm Cherrys Anorak, weil er groß genug war, um mich ganz trocken zu halten. Ich füllte seine Taschen mit dem noch übrigen Essen aus der Küche, bis sie sich schwer anfühlten. Vielleicht war es doch gut, Matte nicht mitzunehmen. Ich wusste ja, wie gierig dieser Hund war, er hätte mich wahrscheinlich als ein wandelndes Leckerli bei lebendigem Leib aufgefressen.

Ich schrieb keine Nachricht. Das war Absicht. Soll Sam doch mal sehen, wie sich *das* anfühlt.

Ich schaffte es an Isabels Tür vorbei, wurde aber beinahe erwischt, als ich das Haus verließ. Ich schloss die Tür mit nicht mal einem Klicken und zog meine Kapuze auf und den Kopf ein und ging bis zum Ende der Straße. Da wollte ich dann nach links gehen, und ich schaute, ob Autos kamen, und da, direkt vor mir, in der stinkigen Telefonzelle, war Sam. Ich sah ihn direkt an und ich schwöre, eine Sekunde lang schaute er zurück, und dann verbarg ich mein Gesicht und hielt den Atem an und ging weiter. Ich glaubte schon, dass er gleich nach mir rufen würde, aber er tat es nicht. Ich war erleichtert und doch auch ein wenig enttäuscht.

Ich weiß nicht, was er da machte. Er telefonierte ja nicht einmal. Er starrte nur.

Als Kind kannst du mitten in der Nacht nicht einfach mit öffentlichen Verkehrsmitteln fahren, weil die Leute im Nachtbus dir Fragen stellen würden. Ich hätte weniger als eine halbe Stunde bis zur Victoria Station gebraucht, wenn ich noch gewartet hätte. Aber wenn ich gewartet hätte, dann hätte ich es vielleicht nicht getan. Deshalb ging ich zu Fuß, so früh am Morgen, ohne Hund als Begleitung und mit dem Anorak meiner Mum voller Essen.

Das ist etwas, was ich und Mum immer zusammen gemacht haben – überall zu Fuß hingehen, weil wir nie Geld übrig hatten. Isabel sagte, ich hätte zu Hause nie etwas gelernt, aber das stimmt nicht, weil ich wirklich gut weiß, wie man irgendwo hinkommt, und ich wette, das ist im wirklichen Leben viel mehr wert als das Einmaleins mit sieben. Ich nahm mir vor, ihr das zu sagen, wenn ich sie wiedersah.

Ich hielt mich dicht an den Hauswänden und versuchte, nicht aufzufallen, und meist klappte das auch. Am Ende der High Street ging ich um das Rathaus herum und dann die Hampstead Road entlang. Vorbei an der alten Zigarettenfabrik, von der Isabel sagte, man hätte sie so angestrichen, dass sie nun aussehen würde wie das *Luxor* in Las Vegas, an den großen Wohnblöcken vorbei, wo Ray wohnte und die sich Straße um Straße hinzogen, vorbei an der komischen Bar, die aussehen sollte wie aus *Bugsy Malone*. In den Läden gegenüber den Glasbauten arbeiteten schon Leute, füllten Regale auf wie Sam, aber ich wollte nicht, dass sie mich sahen, also ging ich hinten lang, wie an den drei Seiten eines Quadrats, überquerte die Straße und kam bis zum runden Ende von Portland Place. Es war immer noch dunkel, dunkler jedenfalls wird es nicht. Das weiß ich jetzt.

Es waren nicht viele Leute unterwegs. Ich glaubte, eine kleine alte Dame die andere Seite der Straße entlangschlurfen zu sehen, aber das war ich selbst im

Anorak meiner Mum, wie ich mich in einem Fenster spiegelte. Das brachte mich zum Lachen. Wenn jemand auf mich zukam, konnte ich wenigstens mein Gesicht verstecken und so tun, als wäre ich eine verrückte alte Schachtel.

Das war es, was Mum einmal zu mir sagte: »Wenn du nachts allein auf der Straße bist und sichergehen willst, dass dir nichts passiert, führ dich verrückter auf als alle anderen, dann lassen sie dich in Ruhe.«

Also war ich eine Mischung aus Isabel und Mum, wie ich da langspazierte mit Sams Geld in meiner Socke und seinem Buch in meiner Tasche, das mit Essen bekleckert war.

Ich überquerte die Oxford Street, wo sie einen sonst immer von einer Seite auf die andere drängen. Es waren keine Polizisten mit Megafonen da und nicht mal der Mann mit der Tafel um den Hals, auf der steht, dass wir alle sterben und in der Hölle schmoren werden, wenn wir nicht aufhören, Cheeseburger zu essen. Ich fragte mich, was mit ihm passiert war, wo er nachts hinging und ob er eine Frau hatte, die auch eine Tafel trug, damit sie sich Botschaften schreiben konnten, statt miteinander zu reden.

Jemand saß oben auf dem Zeitungsstand, und ich bemerkte ihn nicht, bis es zu spät war, weil ich auf die Schlagzeilen schaute. Von Sam wusste ich, dass die auf dem Land immer albern sind, wie SCHWIMMBADPLANUNG WASSERDICHT oder ÄRGER ÜBER SCHWAMMSPINNERKOT. Aber hier ging es um jemanden, der an seinem Geburtstag erstochen wurde, und dann hüpfte der Mensch, den ich nicht bemerkt hatte, gleich hinter mir herunter und folgte mir.

Mir war ein wenig schlecht. Mir wurde sehr heiß und kalt in meinem Anorak. Ich wollte keinen Ärger, weil ich nicht wusste, was ich damit anfangen sollte. Ich bin doch erst zehn, um Himmels willen.

Die Schritte fragten mich nach einer Zigarette, aber ich blickte mich nicht um, ich schüttelte nur den Kopf. Dann fragte er mich nach einem Pfund für eine Busfahrt, und ich stöberte in meiner Tasche und bot ihm einen Marsriegel an.

»Was ist das denn?«

Ich hielt mein Gesicht verborgen und versuchte, alt und griesgrämig zu klingen. »Das ist ein Marsriegel«, sagte ich.

Ich blickte schnell auf, während er ihn nahm. Er war nicht sehr alt. Er hatte ganz schlechte Haut und Löcher in seinen Turnschuhen. Ich hoffte, er war keiner, vor dem man Angst haben musste. Ich wusste nicht, ob ich weiter versuchen sollte, eine alte Dame zu sein, oder ihm einfach mein Gesicht zeigen sollte. Ob ich die eine oder die andere war, ich wusste nicht, wem er nun weniger wehtun würde.

»Kann ich jetzt gehen?«, sagte ich und versuchte, ein wenig schneller zu laufen und nicht über den Anorak zu stolpern.

»Hast du kein Geld?«

Ich konnte es in der Socke spüren, es knisterte bei jedem Schritt an meinem Bein. »Nee. Tut mir leid. Ich hab dir gerade mein Frühstück gegeben.«

Er ging langsamer, und da wusste ich, dass er nichts tun würde. Und natürlich war ich froh. Wie konnte ich denen in der Georgiana Street zeigen, was ich alles ganz alleine schaffte, wenn ich draußen vor dem *Topshop* entführt wurde?

Ich rannte vor ihm davon in eine Nebenstraße und versteckte mich in einem Hauseingang, bis er vorbeigegangen war. Er warf das Schokopapier auf den Gehweg.

Als ich zum St. James Park kam, wurde es heller. Niemand war da außer den Tauben, die herabtauchten und vor meinen Füßen landeten, wenn ich bloß mit meiner Chipspackung raschelte. Als die Tüte leer war, verstreute ich die Krümel, und sie stritten sich darum, während sie mich mit ihren pickenden kleinen Köpfen und mit ihren Fischaugen weiter anguckten.

Es war kurz nach sechs, als ich zum Busbahnhof kam. Das weiß ich, weil es dort eine riesige Uhr gibt – man kann sie nicht übersehen. Ich zog meinen Anorak aus und faltete ihn zu so einem Packen zusammen, weil ich hier drin nicht wie eine verrückte alte Dame aussehen durfte, das ging gar nicht. Ich musste wie ein kleines Mädchen aussehen, das für ihre Mutter nur mal kurz was besorgen sollte, und das war leicht, wenn der Bahnhof voller Kinder war, die das auch taten, aber im Moment war es schwierig, denn es waren zwölf Männer und vier alte Frauen drin. Ich setzte mich auf einen

Stuhl, auf meinen Anorak, und wartete. Ich glaube, ich schlief, aber nicht lange.

Als es belebter war und ich mich sicherer bewegen konnte, schaute ich auf eine Landkarte. Und als ich herausgefunden hatte, wo ich hinmusste, kaufte ich eine Fahrkarte und sagte Danke, Sam, in meinem Kopf.

Ich fand eine Familie, die auch dort hinfuhr, wo ich hinwollte, und ich hängte mich ein wenig an sie, nicht so, dass sie es merkten, aber es reichte, dass die Fahrkartenfrau glaubte, ich gehörte zu ihnen. Jedes Mal wenn ich versuchte, das kleinste Kind anzulächeln und so auszusehen, als ob ich dazugehörte, streckte mir das Mädchen die Zunge heraus und klammerte sich an den Arm ihrer Mum.

»Schon gut«, wollte ich sagen. »Ich bleib nicht lange. Ich bin auf einer wichtigen Mission.«

Im Bus setzte ich mich wieder auf meinen Anorak, neben einen alten Mann, der glaubte, meine Mum sei hinter mir. Er schlief ohnehin nach etwa acht Minuten wie ein Murmeltier. Es roch da drin nach Putzmittel und nach dem Staub, der oben auf den Sitzen heiß wurde, und nach jemandes Wurstbrötchen. Ich wünschte, ich hätte im Bahnhof eine Flasche Wasser gekauft, denn ich starb vor Durst.

Die Dame vorne deutete auf die Toilette, die wir alle riechen konnten, und wünschte uns eine angenehme Fahrt. Sie sah aus, als wäre sie lieber zu Hause im Bett. Sie hatte das Mikrofon direkt an den Lippen, sodass alle Wörter, die sie aussprach, wie kleine Bombenexplosionen waren. Ich hielt mir die Ohren zu, und da sah sie mich finster an, also habe ich die erste Zeit während der Fahrt so getan, als ob ich schlafen würde, damit ich ihr nicht auffiel.

Ich dachte an meinen Dad, wer immer er auch war, und worin wir beide gut waren, dank ihm.

Ich dachte an meine Mum und wie sehr ich hoffte, dass sie zu Hause war, wenn ich zurückkam, und wie sehr ich hoffte, dass sie dann anders war.

Ich dachte an Isabel, die wirklich der naseweiseste und der freundlichste und der runzligste Mensch war, den ich kannte, abgesehen von Steve, der vielleicht noch runzliger war. Und ich dachte auch an Steve und wie nett er immer zu mir war.

Und zuletzt dachte ich an Sam und wie wunderbar er war und wie traurig und wie ich das hier tat, nur um es ihm zu zeigen.

Es ist ziemlich aufregend, in einem Abenteuer drin zu sein. So weit hast du es geschafft, und dann wird dir klar, dass du es wirklich nicht vermasseln *darfst*, denn alles hängt davon ab.

Sechzehn (Sam)

Woher weiß man, dass ein Kind, das sich die meiste Zeit irgendwo alleine rumtreibt, wirklich verschwunden ist? Wann erzählt man das jemand anderem?

Isabel sagte, wir müssten abwarten. Sie sagte, wir könnten nicht gleich die Polizei rufen, denn Bohemia sei noch nicht lange genug verschwunden. Sie sagte, die würden alle möglichen peinlichen Fragen stellen. Sie sagte, wir müssten Cherry eine kalte Dusche verpassen und ihr beibringen, was sie erzählen solle, sonst würde alles nur noch schlimmer werden für Bohemia und wir wären dran schuld.

»Schlimmer als was?«, sagte ich.

Isabel meinte, wir dürften nicht in Panik geraten. »Ich wette mit dir, sie taucht gleich wieder auf, mit irgendwas Unmöglichem zum Frühstück. Da kriegt sie von mir aber eins auf die Löffel.« Sie pustete in ihren Kaffee, die Haut um ihren Mund war knittrig wie die Backförmchen aus Papier auf dem Küchentisch.

Aber Isabel lag ausnahmsweise mal falsch, gerade dieses eine Mal, wo ich wünschte, sie hätte recht. Bohemia, mit ihrem Grabsteinlächeln und ihrer überstürzten Zuneigung und ihrem Gequassel kam nicht zurück.

»Ich geh und halt ein bisschen Ausschau nach ihr«, sagte ich.

»Gute Idee«, sagte Isabel und betrachtete stirnrunzelnd ihre Hände. »Halt dich auf Trab.«

Ich ging dorthin, wo wir mit Matte spazieren waren. Ich ging in den Park und in den Wald, wo wir die Ameisen gesehen hatten, die jetzt alle verschwunden waren, und auf den Spielplatz, auf den sie sicher gegangen wäre, wenn sie jemanden in ihrem Alter zum Spielen gehabt hätte. Ich schaute in den Röhren des Spielzeugzugs nach, den sie als Klettergerüst hingebaut hatten. Ich konnte sie mir gut dort vorstellen, als ich darauf zuging. Ich konnte sie vor mir sehen, tief im Schlaf, in eine Jacke eingewickelt. Ich wollte sie mir vorstellen, wie sie vom Bahnhof zurückkam, wie bei dem einen Mal, von dem sie mir erzählt hatte, ohne Geld, nur dass es diesmal allen aufgefallen war.

Ich ging in den Laden, nur für den Fall, dass sie da war, und die High Street auf und ab, hinten entlang, immer wieder, und hoffte auf ein Zeichen von ihr. Ich ging an dem Haus vorbei, wo ich sie zuerst gesehen hatte, als sie für mich niemand war, als sie ein gutes Bild in einem dunklen Eingang darstellte. Ich blieb stehen und betrachtete den schwarzen Raum, den sie ausgefüllt hatte. Ich vermisste sie.

Ich ging nur deshalb wieder nach Hause, weil ich ein Bild von ihr im Kopf hatte, wie sie auf Isabels Sofa saß, mit Matte auf dem Schoß, und sich wunderte, warum sich alle so aufregten.

Sie würde sich freuen, dass wir uns Sorgen um sie

machten. Sie würde sagen: »Siehst du? Du wolltest doch nicht, dass ich weggehe, oder, Sam?«

Ich wünschte mir so sehr, dass ich all das nicht gesagt hätte.

Isabel war zunächst wütend auf mich, nachdem ich es ihr erzählt hatte. »Warum hast du das zu ihr gesagt? Warum lässt du deine Wut an einem kleinen Mädchen aus?«

Sie sagte, mein Problem sei, dass ich glaubte, Leute, die sich um mich sorgten, seien eine Last und kein Geschenk. »Du willst in Ruhe gelassen werden«, sagte sie, »und Bo will eine Mutter wie Doris Day. Wir können nicht immer bekommen, was wir wollen.«

Ich starrte auf ihren Tisch, bis mir schummrig vor Augen wurde und ich ihn nicht mehr sehen konnte.

So zäh ist mir die Zeit noch nie vergangen wie bei unserem Warten auf Bohemia. Ich brauchte vierzehn Gedanken, nur um eine Sekunde herumzubringen, und eine Sekunde dauerte einen ganzen Tag. Steve meinte, es sei wie im Flugzeug, eine Mischung aus Langeweile und Angst vor dem Schlimmsten.

Cherry kam herunter, und als sie ins Zimmer kam, trat diese bleierne Stille ein, bei uns allen.

»Ich weiß schon«, sagte sie. »Ihr hasst mich. Ich hab's begriffen.«

Sie zitterte und rauchte eine Zigarette nach der anderen, während wir warteten. Das Zimmer füllte sich allmählich mit einem tief hängenden, dicken Mief. Ohne Make-up konnte man in Cherrys Zügen Bohemia erkennen, an ihren flachen Wangenknochen, am sanften Aufschwung ihrer Nase.

Sie blickte häufig auf die Uhr, die sich doch kaum bewegt hatte, und rieb sich mit den Fingerkuppen die Augen. »Hat jemand was zu trinken?«, fragte sie.

Isabel erhob sich und setzte den Kessel auf. »Du kannst Tee haben wie wir alle. Bleib nüchtern, falls sie zurückkommt.«

Auch Mick kam rein. Er stellte sich hinter Cherrys Stuhl und legte ihr die Hände auf die Schultern.

Cherry wollte ebenfalls nicht die Polizei rufen. Vielleicht war es das Einzige, worin Isabel und sie jemals übereinstimmen würden. Sie sagte: »Ich glaub, ich bring es nie über mich, diese Schweinehunde zu rufen.«

»Diese Schweinehunde sind vielleicht deine einzige Hoffnung, deine Tochter wiederzukriegen«, sagte Steve.

»Schon klar«, sagte Cherry, »ihr hasst mich. Von mir aus. Ich bin eine Scheißmutter.«

»Tja«, sagte Isabel.

»Ich trinke und mach gern Party und vögel rum.«

»Du sagst es.« Isabel verschränkte die Arme, bereit zum Kampf.

»Sie weiß, dass ich sie liebe«, sagte Cherry stirnrunzelnd, kratzte an ihrem Nagellack, zupfte rosa Splitter ab und verteilte sie auf dem Tisch.

»Nein, tut sie nicht«, sagte ich. »Sie weiß nur, dass sie dich liebt.«

Ich wollte Cherry nicht zum Heulen bringen. Ich

sagte nur, was ich dachte. Sie legte den Kopf auf den Tisch, und ihr Haar floss über die nackte Haut ihrer Arme, und sie machte keine Szene oder irgendwas, sie atmete nur schwer, und ihre Nase begann zu laufen.

Niemand sagte etwas. Isabel machte ihr eine Tasse Tee. Steve schaute peinlich berührt drein oder als ob ihm irgendwas wehtäte. Mick streichelte Cherry übers Haar. Ich legte die Arme vor ihr auf den Tisch. Und ließ auch den Kopf hängen.

»Tut mir leid«, sagte ich.

Cherry blickte mich an, mit der Wange auf dem Arm. »Nicht so leid wie mir.«

Irgendwann an diesem ersten Tag ging ich in mein Zimmer und stellte fest, dass Max' Ameisenbuch mit meinem Geld nicht mehr da war. Ich suchte danach, bis ich wusste, dass es weg war.

Ich rief mir Bohemia in Erinnerung, wie sie mich mit einem Schimpfwort bedachte und sich selbst mit meinem Buch unter ihrem Pulli umarmte. Ich war vielleicht für zehn Sekunden wütend auf sie. Ich stand vor meinem Bett und ballte die Fäuste und brüllte, bis Isabel gegen die Decke klopfte und rief, ich solle mich mal wieder einkriegen.

Es waren mehr als zweihundert Kröten.

Das machte mir Angst. Das bedeutete, dass sie dieses Mal nicht vom Bahnhof zurückkommen würde. Nicht, wenn sie nicht wollte. Ich ging nach unten, um es den anderen zu sagen.

»Typisch meine Kleine«, sagte Cherry, während sie an ihren Fingernägeln kaute.

»Zum Teufel!«, sagte Isabel.

Was würdest du mit so viel Geld tun, wenn du zehn wärst und niemand da wäre, der dir Vorschriften macht? Von Süßigkeiten leben? Dir ein Schoßtier kaufen? Es dem nächsten Straßenmusiker geben? Mir ging ein Bild von Bohemia durch den Kopf, wie sie meine Ersparnisse in die Spendenbox der National Gallery stopfte und mit dem breiten Lächeln einer Kunstmäzenin im Gesicht davonstolzierte.

»Sie kann werweißwo sein«, sagte ich.

Siebzehn (Bohemia)

Als ich im richtigen Ort aus dem Bus stieg, beobachtete mich die Fahrkartenfrau. Ich konnte ihren Blick auf mir spüren. Aus den Augenwinkeln sah ich, wie sie mir mit einer Kopfbewegung folgte. Ich drückte den Anorak ganz fest an mich, damit nichts von dem Essen rausfiel, und kratzte mich rasch am Bein, um mir sicher zu sein, dass das Geld noch da war. Auf dem Parkplatz ging ich als Erstes zu den Toiletten. Ich blickte über die Schulter und sagte zu meiner scheinbaren Familie: »Ich muss mal Pipi.« Dass sie mich komisch anschauten, war in Ordnung, denn jetzt hörte die Tante im Bus auf, mich zu beobachten.

Ich blieb lange im Klo. Es gab nicht viel zu tun da drin, und ich musste flach atmen, wegen dem aufdringlichen Pissegeruch. Ich wusch mir die Hände und das Gesicht, aber ich konnte nicht in den Spiegel sehen, weil er zu weit oben war, und konnte deshalb nur hoffen, dass ich ordentlich aussah. Das Handtuch war auf einer Rolle, und es hatte keine einzige Stelle, die nicht andere mindestens schon vierzigmal benutzt hatten. Ich räumte in meinen Taschen auf, tat das Essen in die eine, Sams Buch in die andere und warf die Krümel und die Papierreste in den Mülleimer. Als ich zum dritten Mal auf den Parkplatz mit seinem grauen und glänzenden Blech hinausschaute, war der Bus verschwunden.

Ich war immer noch ziemlich weit weg von da, wo ich hinmusste.

An der Ecke war ein Café, und da roch es so stark nach Schinken, als könnte man ihn einfach aus der Luft wegessen. Dann aß ich aber doch ein Ei, weil ich ja irgendwie versuchen wollte, Vegetarierin zu sein. Ich hatte ein Spiegeleibrötchen mit Ketchup und ein Glas Milch und einen Schokokeks, der so groß war wie mein Gesicht. Eier sind ganz seltsam. Für mich sind sie leichter zu essen, wenn ich sie nicht ansehe.

Ich brauchte *ewig*, um herauszufinden, welchen Bus ich nehmen musste. Es gab morgens einen Bus und nachmittags einen, und ich hatte beide verpasst.

Das war alles. Einen Bus morgens und einen nachmittags. Nicht zu glauben.

Ich stand da und überlegte angestrengt, was ich tun sollte, als ein Mann aus seinem Auto stieg und mich fragte, ob alles in Ordnung sei. Die Sachen, die er anhatte, waren alle pilzfarben, sogar die Schuhe und die Tasche und der Schnurrbart.

Ich sagte: »Mir geht's gut, danke«, und trat ein wenig beiseite, so langsam, dass er es nicht merkte, ich wollte nicht etwa unhöflich sein, nur damit mir wohler war.

»Hast du dich verlaufen?«, fragte er.

»Nein.«

»Wo ist deine Mum?«

Musste ich das sagen? Im Bett mit Mick. Ohnmächtig im Badezimmer. Betrunken in einer Ecke.

Ich sagte: »Sie ist Kleingeld für die Parkuhr holen.«

Er klackte mit den Zähnen, und ich sah auf meine Schuhe und fragte mich allmählich, ob jemand, der sich wie ein Pilz anzog, eigentlich gefährlich sein konnte. Ich sah mich schon losrennen, als eine Frau aus dem Klo kam. Ich sah gleich, dass es seine war, weil sie auch wie ein Pilz aussah. Vielleicht passiert einem das, wenn man alt wird. Man wacht auf und plötzlich ist Blassbraun deine Lieblingsfarbe.

Mir war wohler, als sie da war. Aber dann erinnerte ich mich an diese Geschichte, die ich mal im Fernsehen gesehen hatte, von einem Mädchen, das von einem großen Mann verfolgt wurde. Sie stieg in einen Bus, um ihm zu entkommen, und diese nette alte Dame hatte Mitleid mit ihr und trocknete ihr die Tränen und versprach, sie nach Hause zu bringen. Nur dass die nette alte Dame in Wahrheit die Mum des großen Mannes war und das Mädchen direkt zu ihm brachte. Ich konnte nächtelang nicht schlafen. Das beweist, dass man nicht vorsichtig genug sein kann.

»Ihre Mum ist Kleingeld holen«, sagte der Mann zu seiner Frau.

»Und hat dich hiergelassen?«, sagte sie. »Ganz allein?«

Ihre ganze Kehle, vom Kinn bis zum Knopf ihrer Bluse, schlackerte und wabbelte, wenn sie sprach.

»Mir macht das nichts aus«, sagte ich und stellte mir vor, wie ihr Hals erst schlackern würde, wenn sie auch nur die halbe Wahrheit gewusst hätte.

Am Ende nahm ich ein Taxi. Mir war nicht wohl dabei, wo es doch Sams Geld war, aber ich wollte nicht die ganze Nacht auf einem Parkplatz verbringen. Erstens war es kalt und es würde sicher regnen, und ich wollte nicht ganz alleine dasitzen und zusehen, wie alles leer und dunkel wurde, und das an einem Ort, den ich überhaupt nicht kannte. Da wäre es praktisch gewesen, den Hund dabeizuhaben, wenigstens hätte ich dann jemanden zum Anschmiegen gehabt.

Die Fahrer am Taxistand glaubten mir nicht. Ich musste lügen noch und noch, bis mich einer mitnahm.

Ich sagte, meine Mum sei Ärztin, und sie hätte mich von der Schule abholen sollen, aber sie konnte nicht aus dem Krankenhaus weg.

Ich sagte, mein Dad sei auf Geschäftsreise.

Ich sagte, sie könnten nicht mit meiner Mum reden, weil sie mit einem Notfall beschäftigt sei und deshalb könne sie mich nicht selber holen.

Sie wollten genau wissen, ob ich das Geld hatte. Ich kam mir ein bisschen doof vor, als ich es aus der Socke holte. Es war zerknüllt und schweißnass, aber es überzeugte sie.

Vierzig Pfund kostete mich das. Es war jeden Penny wert.

Der Fahrer und ich redeten nicht miteinander. Ich lehnte den Kopf ans Fenster und starrte immer nur nach draußen. Alles war so grün. Überall waren Bäume und Felder, und die Erde war nur Hügel und Hänge, überhaupt nicht flach. Und im Hintergrund war das Lila und Grau und Braun und Blau der Berge, als ob sie über all dem Grün brüteten. Wenn nicht alles an mir vorübergezogen wäre, mit wer weiß wie vielen Meilen in der Stunde, dann hätte ich gedacht, jemand hätte ein Bild gemalt und es ans Fenster geklebt, nur um mich an der Nase herumzuführen.

Ein Traktor hielt uns auf, groß wie ein Dinosaurier, von seinen Zähnen fielen rote Mistklumpen, sodass er rote Spuren auf der Straße zog. Dem Taxifahrer gefiel das nicht. Er versuchte immer wieder zu überholen, aber die Straße war zu kurvig und eng, aber es machte mir nichts aus, weil ich so mehr Zeit hatte, mir alles anzusehen.

Auch Schafe hielten uns auf, eine ganze Menge mitten auf der Straße. Der Bauer fuchtelte herum, damit sie auf die andere Seite gingen. Es wurde ein Stau. Die Schafe gingen an den Autos lang, links und rechts, vorn und hinten, und es war, als wären wir auf einem Schiff, die hüpfenden Hinterteile der Schafe waren das schaumige Meeresgekräusel.

Wir bogen von der Straße ab auf einen Weg, der voller Löcher und Rinnen und Pfützen war. Es knirschte unter den Rädern, und die Hecken auf beiden Seiten waren zu hoch zum Drübergucken. Der Weg führte bergauf, immer nur bergauf, und dann plötzlich verschwanden die Hecken und alles öffnete sich, und wir waren *direkt* am Fuß des Berges, der wie ein Riese ganz ruhig dastand und schnaufend auf uns herabschaute. Der Weg war nichts weiter als eine dünne gerade Linie inmitten dieser Wildnis, dicht bewachsen mit Pflanzen und gesprenkelt mit Schafen. Sie sahen das Auto an und ich sah zurück, und ich weiß noch, wie ich dachte, wie glücklich sie sein müssten, hier zu leben, und dass ich so etwas noch nie gesehen hatte.

Nach einer Weile machte der Weg eine Biegung, und an der Biegung war ein Haus, das aussah wie zwei zusammengeklebte Häuser. Da waren zwei Hunde und drei Gänse und davor ein schmutziges Auto. Der Taxifahrer hielt und sah mich an und sagte: »Daheim.«

Ich gab ihm sein Geld und holte hinten meinen Anorak heraus und machte die Tür zu. Dann blieb ich einfach stehen, während er wegfuhr, weil ich plötzlich ein wenig aufgeregt war, denn was wäre zum Beispiel, wenn niemand da war oder das hier das falsche Haus war?

Ich holte Sams Buch aus der Tasche und ging mit kleinen Schritten zur Tür. Die Hunde und die Gänse kamen, um mich anzusehen und meine Hände zu beschnüffeln. Die Hunde wedelten mit den Schwänzen, und die Gänse schüttelten die Köpfe und die Federn. Ich war noch nie einer Gans so nahe gewesen. Sie sind ziemlich groß.

Auch die Haustür war groß und aus Holz und alt. Meine Hand machte kaum ein Geräusch darauf, deshalb musste ich den Klopfer nehmen, der schwarz war und aus Eisen und laut.

Ein Junge öffnete die Tür. Er war so groß wie Sam, aber viel dünner, und sein Haar stand in merkwürdigen Richtungen vom Kopf ab, wie ein Pinsel, den man vergessen hatte auszuwaschen. Er hatte eine blaue Socke an und eine orangene und keine Schuhe. Er hatte was mit den Augen, sodass eines auf mich sah und das andere etwas hinter mir, gleich oberhalb von meinem Kopf. Er hatte zwei schmale, verschorfte Kratzer, einen über dem rechten Auge, der in seinen Haaren verschwand, und einen von seiner Unterlippe über das ganze Kinn. Auch ein paar Zähne fehlten ihm, er hatte Lücken wie ich, nur dass er viel zu alt dafür war.

Er stützte sich auf einen Stock, schwer, als ob er ohne den Stock einfach in sich zusammensacken würde, gleich hier auf dem Boden. Er lächelte nicht, er runzelte die Stirn, und sein Mund stand offen, aber er sagte nichts.

Er war nicht gerade der, den ich erwartet hatte.

»Bist du Max?«, fragte ich, und er nickte.

»Max, der Ameisenexperte?«

Er versetzte seinen Stock ein wenig und dachte nach, und dann nickte er wieder.

»Gott sei Dank«, sagte ich. »Ich bin Bohemia. Ich bin eine Freundin von Sam. Ich hab dir dein Buch zurückgebracht.«

Achtzehn (Sam)

In der ersten Nacht nach Bohemias Verschwinden war es sinnlos, auch nur an Schlaf zu denken. Wir saßen wie Wachsfiguren um Isabels Tisch, sprachen nicht, rührten uns kaum, hingen einfach in der Zeit fest. Cherry gingen die Zigaretten aus, und sie fing an, mit den Fingern leise auf den Tisch zu trommeln. Mick beobachtete sie unablässig, als ob sie jeden Moment auseinanderfallen würde. Steve konnte den Blick nicht von der Uhr abwenden. Isabel machte etwas Suppe heiß, und wir aßen alle, ohne sie wirklich zu schmecken.

Ich sollte eigentlich zur Arbeit, aber da wollte ich auf keinen Fall hin.

Isabel sagte, ich müsse gehen und es ihnen sagen. Sonst würde ich meinen Job verlieren.

»Ist mir egal«, sagte ich.

»Stimmt doch nicht. Denk mal drüber nach.«

Ich überlegte, wenn ich nicht arbeitete, würde ich kein Geld haben, um die Miete zu bezahlen, und wieder nach Hause müssen. Ich dachte, wie es wäre, nicht hier zu sein, wenn Bohemia zurückkam.

»Ich geh und sag denen Bescheid«, sagte ich.

Cherry wollte mitkommen. »Ich brauch Kippen und könnte ein wenig frische Luft vertragen.«

Mick fragte, ob er mitgehen solle. Sie sagte, er müsse nicht. »Ich kann ganz gut mal allein sein.«

Als ob ich nicht zählen würde.

Es war kalt draußen, und Cherry rieb sich die Oberarme unter ihrem T-Shirt. »Ich hätte meinen Anorak anziehen sollen«, sagte sie.

Ich gab ihr mein Sweatshirt. Ich zog es aus und reichte es ihr, dasselbe, das ich Bohemia im Park gegeben hatte.

»Oh, das ist warm«, sagte sie, zog es sich über den Kopf und schlüpfte mit beiden Armen gleichzeitig hinein.

Genau das hatte Bohemia auch gesagt.

Cherry kam nicht mit in den Laden. Sie gab mir das Geld für die Zigaretten und blieb draußen in der Kälte stehen, die Hände in den Taschen, und sah zum Himmel hoch. Ich erzählte Besniks Onkel, dass mir was dazwischengekommen sei. Es sei ein Notfall, und ich könne heute Nacht nicht arbeiten. Er zuckte mit den Schultern und starrte in die entfernte Ecke des Ladens, während er sprach.

Er sagte: »Es gibt Hunderte von Jungs genau wie du, die einen Job suchen.«

Ich sagte: »Ich will meinen Job. Ich muss nur heute Nacht freihaben. Vielleicht morgen noch. Hoffentlich nicht.«

»Zwei Schichten«, sagte er. »Nach zwei Schichten hol ich mir ’nen anderen.«

Draußen zog Cherry das Papier von der Schachtel ab und ließ es zu Boden fallen. Ich musste ihr Feuerzeug mit den Händen schützen, weil der Wind ständig die Flamme ausblies. Auf dem Weg zurück gingen wir langsamer. Ich glaube, vielleicht gaben wir Bohemia mehr Zeit, als Erste da zu sein.

Als wir zum Park am Ende der Straße kamen, wollte sie sich ein wenig hinsetzen. Sie fragte mich, ob ich ihr Gesellschaft leisten wolle. Sie sagte: »Ich will nicht wieder da rein und warten und warten.«

Der Park war leer, nur ein Pärchen lag auf einer Decke neben den Mülleimern. Sie sahen aus, als würden sie im Dunkeln sonnenbaden. Wir setzten uns auf die dritte Bank vom Eingang aus. Cherry zündete sich eine neue Zigarette an und warf sie dann halb aufgeraucht vor sich zu Boden. Sie rollte mit der rechten Hand ihr Haar auf und stopfte es sich in den Kragen. In meinem T-Shirt wirkte sie beinahe so verloren wie Bohemia.

Sie sagte: »Ich bete zu Gott, dass es ihr gut geht. Ich bete, und ich glaube nicht mal an Gott.«

Sie sagte: »Ich weiß nicht, wo sie hingegangen sein kann. Sie hat nichts, wo sie hingehen könnte.«

Sie sagte: »Sie hat nur mich.«

Und dann verschränkte sie die Arme und legte die Ellbogen auf die Knie und sagte sehr leise mit gesenktem Kopf: »Ich bin eine schreckliche Mutter. Ich bin ein schlechter, ganz schlechter Mensch.«

»Nein, das bist du nicht«, sagte ich, was sollte ich anderes sagen, aber wir beide wussten, dass keiner von uns es glaubte.

Sie sagte: »Ich war noch so jung, als ich sie bekam. Ich war in deinem Alter.«

Sie sagte: »Vielleicht sollten wir jetzt sofort die Polizei rufen.«

Sie sagte: »Wenn sie heil nach Hause kommt, werd ich nie mehr trinken und rauchen und Drogen nehmen und sie allein lassen.«

Dann war es still, während wir beide den Echos in unseren Köpfen lauschten, von dem, was sie gerade gesagt hatte.

»Du glaubst, du könntest das schaffen?«, fragte ich.

Sie zuckte mit den Schultern und kaute an ihren Nägeln. »Würd ich gern«, sagte sie. Dann setzte sie sich auf und sah mich an. »Was ist das Schlimmste, das du je getan hast?«, sagte sie.

Ich sagte, das würde sie eher nicht hören wollen.

»Doch, will ich«, sagte sie. »Ich wette, es ist nichts. Was ist es? Süßigkeiten am Kiosk geklaut? Pornohefte im Schuppen deines Vaters angeguckt?«

»Es ist nicht nichts«, sagte ich.

»Also im Vergleich zu mir schon, wette ich. Ich hab mein eigenes Kind weggeworfen. Was hast du getan? Komm schon, lenk mich von diesem Gedanken ab, ich könnte einen Lacher vertragen.«

Und so erzählte ich es ihr, teils, um zu beweisen, dass sie falschlag, und teils, weil es leicht ist, jemandem zu erzählen, wie tief du gesunken bist, wenn er noch tiefer unten ist als du.

Neunzehn (Bohemia)

Es war *sehr* verwirrend bei Max. Als ich ihm das Buch gab, sah er es lange an und sagte schließlich »Okay« statt »Danke« und wollte die Tür zumachen, während ich noch draußen stand.

»Darf ich reinkommen?«, sagte ich, und die Tür ging nicht weiter zu.

Er sah mich stirnrunzelnd an.

Ich sagte: »Ich hab lange gebraucht bis hierher.«

Er sagte gar nichts. Er öffnete nur die Tür gerade weit genug, dass ich reingehen konnte, und dann folgte er mir den Flur entlang in die Küche. Sein Stock knallte hart auf den Boden, und sein Fuß schlurfte hinterher.

Die Küche war etwa so groß wie unsere ganze Wohnung, nebenbei gesagt. Und es stand ein großer Holztisch darin, an dem alle aus unserem ganzen Haus Platz gehabt hätten.

Max ging zum Spülbecken und goss mir ein Glas Wasser ein. Er schob mir eine Obstschale hin, und ich nahm mir eine Banane und eine Handvoll Trauben.

»Wieso hast du mein Buch?«, sagte er.

Es lag zwischen uns auf dem Tisch. *Die Ameisenkolonie* von Dr. Bernard O. Hopkins.

»Ich hab es Sam gestohlen«, sagte ich. »Ich hab auch

sein ganzes Geld gestohlen, aber nicht absichtlich, und dann hab ich was davon ausgeliehen, um herzukommen und dir das zu geben.«

Ich schlug den Buchdeckel auf und hielt es ihm hin. »Siehst du?«, sagte ich. »Dein Name und deine Adresse. Deshalb wusste ich, wo ich dich finden konnte.«

»Okay«, sagte er.

»Im Bus hab ich versucht, ein wenig darin zu lesen«, sagte ich, »aber es war *viel* zu schwer für mich.«

Max' Augen waren ganz dunkelblau. Er hatte lange Wimpern wie ein Mädchen.

Ich sagte: »Sam hat mir gesagt, du seist klug.« Er blinzelte. Ich sagte: »Willst du nicht wissen, wo er ist?«

Da lachte er, so halbwegs, und schüttelte den Kopf und blickte mich an, als ob ich ein komisches Ding wäre, das gerade aus seiner Socke gefallen war. »Sam?«, sagte er wieder.

»Er hätte dir eine Nachricht hinterlassen sollen«, sagte ich. »Das hab ich ihm auch gesagt. Du hast vollkommen recht, wenn du sauer auf ihn bist.«

Ich sagte: »Bestimmt hätte er mir eine Nachricht mitgegeben, aber er wusste ja nicht, dass ich zu dir gehe.«

Ich sagte: »Das ist schon eine Überraschung.«

Ich wollte, dass Max etwas sagte. Ich wollte, dass er sich freute, dass Sam irgendwo war und nicht vom Erdboden verschluckt. Es lief überhaupt nicht so, wie ich es mir vorgestellt hatte.

»Sam hat mir alles über dich erzählt, Max«, sagte ich.

Er runzelte die Stirn, nahm das Buch in die Hand und schlug es einfach irgendwo auf und begann zu lesen.

Das ist unhöflich, dachte ich, einfach so anfangen zu lesen, während ich mit ihm rede. »Ist es wirklich ein gutes Buch?«, sagte ich.

»Es ist ein geniales Buch«, sagte er. »Sam hat es nicht gelesen.«

»Also, er hat es bis nach London mitgenommen«, sagte ich. »Und er hat nicht viel mitgenommen. Du solltest sein Zimmer sehen. Es ist *leer*. Warum sollte er es mitnehmen, wenn er es nicht lesen wollte?«

»Also ist er in London«, sagte Max.

Dann sagte diese Frauenstimme gleich draußen vor der Tür: »Wer ist in London?« Und als sie hereinkam und mich sah, sagte sie: »Wer ist das?«

»Sam ist in London«, sagte Max. »Dieses Mädchen hat mir mein Buch zurückgebracht.«

Die Frau blieb wie angewurzelt mitten in der Küche stehen und starrte mich an. »O Gott«, sagte sie.

Max hielt das Buch hoch, als ob er sich irgendwie dahinter verstecken wollte.

Sie sagte wieder: »O Gott.«

Ich sah sie an und ich blickte auf das Buch vor Max' Gesicht, und ich sagte: »Schon okay. Es geht ihm ganz gut.«

»Wer *bist* du denn?«, fragte sie.

»Ich bin Bo«, sagte ich. »Ich bin eine Freundin von Sam.«

»Nun, ich nicht«, gab sie zurück, und ich konnte sehen, dass sie es *wirklich* ernst meinte, denn sie hatte die Hände zu Fäusten geballt, so heftig, dass ihre Knöchel fast weiß wie Knochen waren.

»Was nicht?«, sagte ich.

»Ich bin keine *Freundin* von Sam«, sagte sie. »Und mein Sohn ist kein Freund von ihm.«

Das verstand ich *überhaupt* nicht.

»Was sagst du dazu?«, fragte ich. »Stimmt das?«

Max sagte: »Ja, aber es ist gut, mein Buch zu sehen.«

Zwanzig (Sam)

Das Schlimmste, was ich mit elf tat, war, einigen Kindern in meiner neuen Schule zu erzählen, Max sei ein Spinner und er würde gern Ameisen in Essig einlegen. Das brachte mir einen Lacher ein, aber ihm tat es gar nicht gut. Es festigte sozusagen seinen Ruf.

Das Schlimmste, was ich tat, als ich elf war und immer noch Max' Freund, war, mir klarzumachen, dass ich mit ihm nie bei den anderen beliebt werden würde. Dass sie alle Max nur als jemanden sahen, der irgendwie anders war, und dass seine eigentümliche Art auf mich abfärbte.

Das Schlimmste, was ich mit elf tat, war, die Seiten zu wechseln und ihn auszulachen wie alle anderen und ihn allein auf dem Schulhof zu lassen, mit einem verletzten Stirnrunzeln, ein Auge auf die Baumwipfel, das andere direkt auf mich gerichtet.

Das Schlimmste, was ich mit elf tat, war, so lange vorzutäuschen, ich wäre sein Freund, dass ich noch die Hausaufgaben bei ihm abschreiben oder mir seinen Taschenrechner ausleihen oder ihn überreden konnte, mir Geld zu leihen.

Das Schlimmste, was ich während meiner ganzen Schulzeit tat, war, dass ich wollte, die andern würden

Max nicht leiden können, weil ich nicht der sein wollte, den sie hassten.

Er war ein leichtes Ziel. Wenn man ihn auslachte, sah er einen nur mit einem langsamen Blinzeln an, weil er nie richtig verstand, warum etwas komisch sein sollte. Wenn man ihm im Vorbeigehen im Flur gegen den Hinterkopf schnippte, sagte er immer nur »Autsch«, mit gesenktem Blick. Wenn wir ihn im Wald sahen, während wir alle am Fluss waren, in seinen Ameisenjagdklamotten, mit einem Wasserkolben und einem Kompass und einem Probenglas und einem Notizblock, und wir ihn dann hetzten und seine Sachen ins Wasser schmissen, dann watete er hinein, ganz angezogen, und holte sie heraus und sah einem nicht ins Gesicht, nicht ein einziges Mal.

In der ersten Nacht, in der ich bei ihm am Haus die Wand zum Fenster emporkletterte, machte ich Fotos, wie er mit seiner Augenklappe schlief, und wir pinnten sie in der ganzen Schule an die Wände, damit alle sie sehen konnten. Das war das Schlimmste, was ich tat, als ich vierzehn war. Der Direktor schritt in der Aula auf und ab und wartete, dass sich der Übeltäter schuldig bekannte. Ich tat es nicht.

Seine Eltern kamen meine besuchen. Sie sagten: »Diese Hänseleien müssen *aufhören*.«

Ich stritt alles ab. Ich sagte, es hätte nichts mit mir zu tun. Ich sagte, ich hätte ein gutes Wort für Max einlegen wollen, aber wenn eine ganze Schule gegen jemanden sei, dann sei es schwierig für einen Einzelnen, sie im Zaum zu halten.

Max' Mum sah mich an diesem Abend an wie jemanden, den sie hasste, wie den verächtlichsten Menschen, den sie je getroffen hatte.

Ich kann sie verstehen.

Max verhielt sich nicht so, als ob er mich hasste. Auch das machte es so einfach, ihn zu hänseln. Was auch immer ich tat oder mit anderen zusammen anrichtete, am nächsten Tag nickte er immer und sagte: »Hallo, Sam«, als ob wir immer noch Freunde wären, als ob ihm wegen mir nie etwas Schlimmes passiert wäre. Es war, als ob Max mich trotz allem mochte, um der alten Zeiten willen. Ich hatte den Eindruck, dass ich kein schlechtes Gewissen zu haben brauchte. Besser gesagt, das machte es mir leichter, mich selbst hinters Licht zu führen.

Das Schlimmste, was ich tat, als ich siebzehn war, war das Schlimmste, was ich je getan habe. Schlimmer noch, als ohne Nachricht zu verschwinden, noch schlimmer sogar, als Bohemia dazu anzustiften, es mir nachzutun.

Es war Oktober und mein Vater brachte mir oben auf dem Gemeindeland das Autofahren bei – langweilige, pedantische Übungen, Rückspiegel, blinken, fahren, wo ich doch einzig und allein losrasen und die Karre voll mit der Handbremse herumreißen und mich mit der coolen Sonnenbrille im Spiegel anschauen wollte. Ich wollte auf Teufel komm raus fahren lernen. Wenn man mitten im Nichts lebt, kann einem das passieren. Ich hatte es satt, immer mit jemandem mitzufahren und die Hügel hochzuradeln, bis ich dachte, meine Lunge würde platzen. Ich lag meinem Vater ständig damit in den Ohren, er solle mir Unterricht geben. Ich redete über nichts anderes als Autofahren, bis er nachgab.

Ich erinnere mich, wie ich jeden Donnerstag um fünf mit ihm im Auto saß, das beherrschte, steinerne Profil seines Gesichts betrachtete, sah, wie sein Kiefer sich verhärtete, wenn ich etwas falsch machte und der Wagen aufjaulte.

Ich denke daran, wie ich eines Tages sagte: »Krieg ich jetzt ein Auto zum Geburtstag oder nicht?«

Er lachte. Ich könne mir allerhöchstens eines vom Schrottplatz holen und hoffen, dass mein genialer Freund Max es zum Laufen brächte.

»Max?«, sagte ich. »Wovon redest du?«

Er sagte: »Sein Dad hat mir gestern Abend im Pub alles erzählt. Max hat ein paar Bücher über Mechanik gelesen, sich ein Auto vom Schrottplatz geholt und bringt die Karre jetzt wieder auf Vordermann. Er hat sie in einem Schuppen oben am Haus. Und verdammt noch mal, die Kiste läuft.«

»Interessant«, sagte ich.

»Ich weiß.« Er sah mich an. »Gibt es nichts, was dieser Junge nicht kann?«

Von da an war ich freundlicher zu Max. Nicht in der Öffentlichkeit oder so, nicht dass es jemand mitgekriegt hätte. Aber ich glaube, Max ist es aufgefallen. Es war um die Zeit, dass Mum ihn nach dem Schachklub nach Hause gebracht hat oder dass ich mit dem Hund dort in der Nähe gelaufen bin, damit ich eine Ausrede hatte, bei ihm reinzuschauen. Ich wollte das Auto sehen.

Jetzt wünschte ich, ich hätte es nie zu Gesicht bekommen.

Ich war mit Ringo draußen auf dem Gemeindeland. Es wurde allmählich dunkel. Er fing an zu bellen wegen irgendwas, das ich im Dämmerlicht nicht sehen konnte. Er rannte mit gesträubtem Fell davon, stürmte durch den Farn auf etwas zu, was immer es auch war. Ich folgte ihm. Ich hörte ihn rennen, hechelnd und dumpf aufschlagend. Alle paar Schritte sah ich weniger, als würde das Licht einfach durch ein Loch im Himmel verschwinden.

Es war Max mit seinem Auto. Er saß einfach drin, mit ausgeschaltetem Motor und ohne Licht. Er wartete, dass ich verschwand.

»Scheiße, Max«, sagte ich und streifte mit der Hand um das Auto herum. Ich tat, als würde es schon mir gehören. Das kann ich sehen, wenn ich mich von hier aus selbst beobachte.

Max nickte. Er kurbelte das Fenster runter. »Hallo, Sam.«

»Nette Kiste«, sagte ich.

Er saß ganz ruhig da und blickte starr geradeaus, als ob ich ihn noch nicht gesehen hätte, als ob er noch so tun würde, als wäre ich nicht da.

Ich stützte mich mit dem Ellbogen gegen sein offenes Fenster und beugte mich ins Innere. »Lass uns ’ne Runde drehen«, sagte ich.

Er lächelte. Er schüttelte den Kopf.

»Ich kann fahren«, sagte ich. »Mein Dad hat es mir beigebracht.«

»Nein, Sam«, sagte er.

Ich richtete mich auf, sah mich um, seufzte. Unmöglich, dass ich so nahe dran war und das Auto nicht fahren sollte. »Lass mich bis zum Viehgitter fahren«, sagte ich. »Ringo kann hinterherlaufen. Dann steig ich aus und geh mit ihm die Straße lang nach Hause.«

»Warum sollte ich?«, sagte er, sehr leise. Ich hatte das Gefühl, wenn ich es nicht beim ersten Mal gehört hätte, hätte er es nicht wiederholt.

»O Mann«, sagte ich. »Du bist der Erste in unserer Klasse, der ein Auto hat. Du bist der Coolste. Jetzt hast du keinen Ärger mehr.«

Da sah mich Max an. Er sagte: »Versprochen?«

Ich lächelte und öffnete die Tür, damit er ausstieg. »Wieso sollte ich dich anlügen«, sagte ich und saß auf dem Fahrersitz, ehe er um den Wagen herum war und die Tür auf der anderen Seite geöffnet hatte.

Ich ließ es ziemlich langsam angehen. Als wäre mein Vater bei mir im Auto. Ich legte den Sicherheitsgurt an. Ich stellte die Spiegel ein. Ich machte die Scheinwerfer an, Fernlicht, und sie warfen eine Schneise ins Land, bleichten die Nacht aus dem Farn, umgrenzten den letzten Tanz der Fliegen. Hinter uns bellte Ringo und wedelte mit dem Schwanz. Ich konnte ihn im Rücklicht gerade noch erkennen. Wir holperten gemächlich in Richtung Viehgitter.

»Ich steig dann gleich da oben aus«, sagte ich.

Aber ich tat es nicht.

Kurz vor dem Viehgitter riss ich den Wagen nach rechts und drückte den Fuß hart durch.

»Halt!«, rief Max. »Was machst du?«

»Nur noch eine Runde.«

Ringos Gebell war jetzt weiter entfernt, und das Farnkraut knickte im Licht der Scheinwerfer schnell in sich zusammen. Ich weiß noch, wie ich den Mond vor uns sehr tief am Himmel sah. Ich weiß noch, dass ich Zeit genug hatte zu bemerken, dass Sterne da waren. Ich erinnere mich, dass Max schrie, aber ich achtete nicht auf ihn.

Dreimal fuhren wir herum, drei große Runden machten wir im Dunkeln über das Land. Die letzte war schnell. Ich warf einen Blick auf Max. Er war jetzt stumm, und er weinte.

Ich lachte ihn aus. Ich sagte: »Was ist los?«

Er antwortete nicht. Er wischte sich mit dem Handrücken die Nase.

Ich sagte: »Wozu hast du denn eine Karre, wenn du sie nicht richtig *fährst*?«

Die Erinnerung an diesen Moment ist bitter. Ich sehe mich hinter dem Steuer, grinsend und schreiend, es ist, als würde ich jemandem zusehen, den ich hasse. Es ist, wie wenn ich jemandem zusehe, den ich habe verschwinden lassen.

Denn sofort darauf rief Max etwas. Und zugleich krachte es. Zweimal. Wir stießen mit etwas zusammen und wurden davon gegen einen Fels geschleudert. Es gab einen plötzlichen dumpfen Schlag, so gewaltig, dass aus sechzig Stundenkilometern in einer Sekunde nichts wurde. Ich spürte, wie die Geschwindigkeit, die wir gehabt hatten, von hinten an uns vorbeiraste und mein Gesicht gegen das Steuer schmetterte, mir die Luft aus der Lunge quetschte, mich so heftig gegen meinen Gurt warf, dass ich wochenlang noch blaue Flecken auf der Brust hatte.

Max war nicht angeschnallt.

Er schleuderte gegen die Windschutzscheibe. Er krachte mit dem Gesicht hindurch. Er überschlug sich auf der Motorhaube und fiel zu Boden, inmitten von fallenden Scherben, die wie Diamanten im gleißenden Licht der Scheinwerfer funkelten.

Es passierte so schnell, aber es geht mir noch immer in Zeitlupe durch den Kopf. In meiner Erinnerung drängen sich die Einzelheiten.

Meine Hände zitterten so sehr, dass ich die Tür nicht aufbekam. Ich kletterte aus dem Loch, das von Max stammte. Meine ganze Kleidung war voller Glas und Blut.

»Max?«, sagte ich. »Alles in Ordnung mit dir, Alter?«

Er war still. Er lag zusammengekauert auf der Erde.

Das ist etwas von dem, an das ich mich erinnere: Wie still es war nach all dem Lärm, das Krachen und das Rattern und das Klirren hatten ein Loch im Lärm hinterlassen, nachdem sie vergangen waren.

Ich konnte den Motor noch laufen hören und den unwissenden Ruf eines Nachtvogels.

Ich weiß noch, wie ich dachte: *Nichts davon geschieht wirklich. Irgendwo in der wirklichen Welt steige ich am Viehgitter aus und gehe mit Ringo nach Hause, genau wie ich es gesagt habe.*

Ich schaffte es nicht, dass er mich hörte.

Da schrie ich: »HILFE!« und alles mögliche Zeug, und niemand war da.

Dann fiel mir mein Handy ein, und ich kniete mich vor den Scheinwerfern hin, um möglichst sehen zu können, was ich wählte. Ich war einfach unfähig, mein eigenes Telefon zum Funktionieren zu bringen.

Die Wagenfront war eingedellt und dunkel vor Blut.

Ich bekam kein Netz.

Ich musste über das Gemeindeland zu Max nach Hause laufen. Ich musste ihn zurücklassen, in sich gerollt in der Schwärze. Ich rannte den größten Teil der Strecke, bis ich irgendwann nicht mehr rennen konnte.

Erst als ich ankam, bemerkte ich, dass ich blutete. Max' Mutter öffnete die Tür und schlug die Hände vors Gesicht, nur eine Sekunde lang. Dann nahm sie meine Hand, und ich sah, dass sie nass war vor Blut, Blut triefte von meinen Fingerkuppen wie dickflüssige Farbe. Ich hatte mir das Handgelenk an der Windschutzscheibe aufgeschnitten, beim Hinausklettern. Eine Scherbe steckte darin, stach hervor, einer von Max' Diamanten. Es war nicht so schlimm.

Max' Vater sagte, ich hätte Glück gehabt, dass es keine Arterie war. Er rief einen Krankenwagen.

»Was ist dir passiert?«, sagte Max' Mutter. Sie hatte den Arm um meine Schulter gelegt und führte mich zu einem Stuhl. Sie war noch nie so nett zu mir gewesen.

Das ging mir durch den Kopf, und ich wusste, dass ich dem für immer ein Ende setzen würde.

»Auf die Wiese muss ein Krankenwagen«, sagte ich.

»Weshalb?«

»Er ist noch da oben«, sagte ich. »Wir müssen hin. Er sagt nichts.«

Da wurde sie weiß, von einem Moment auf den andern. Ihr Gesicht sah mit einem Mal ganz anders aus, und sie sagte: »O nein. Nein.«

»Was hast du getan?«, sagte sie.

Max' Vater fuhr den Wagen. Wir konnten die Scheinwerfer von Max' Auto sehen, und holpernd und ratternd fuhren wir zu der Kuppel aus schwachem Licht, die sie bildeten.

»Was hast du ihm angetan?«, fragte sie.

Ich sagte nichts. Ich hatte nicht das Gefühl, voll und ganz da zu sein.

»Ich hab's doch gewusst«, sagte sie zu Max' Vater. »Ich hab's dir doch gesagt, er ist gefährlich. Ich wusste, dass das passieren wird.«

»Reicht dir das jetzt?«, schrie sie mich im Wagen an und zuckte herum. »Bist du jetzt fertig?« Ich konnte die Sichel ihrer Augen in der Dunkelheit glitzern sehen.

Max' Vater sagte nichts. Es war nicht nötig.

Ich dachte, wie muss ich ihnen vorkommen, dieser Junge hinten in ihrem Wagen, mit einem Geschirrtuch um den Arm; dieser Junge, der so viel Schmerz hervorgerufen hat.

Max lag noch eingerollt da. Ich weiß noch, dass seine Mutter sich anhörte wie ein wildes Tier. Ich weiß noch, wie sie ihn so zaghaft berührte, als ob sie Angst davor hätte, was sie finden könnte.

Sein Körper löste sich unter ihrer Hand, schlaff und knochenlos. Sein Gesicht war eine Maske aus Blut.

Ich dachte, er sei tot.

Das dachten wir alle.

Am Morgen, während ich noch im Krankenhaus war, gingen meine Eltern hoch zum Gemeindeland, um mit eigenen Augen zu sehen, was geschehen war. Da war der Wagen, ein zerklüfteter und in sich verkeilter Schrotthaufen, einsam im Frühnebel. Der Motor und die Scheinwerfer waren aus. Ich weiß nicht, ob sich jemand darum gekümmert hatte – Max' Vater oder der Ambulanzfahrer – oder ob sie einfach von alleine ausgegangen waren, Stunden später, ohne dass jemand zusah. An der Stelle, wo Max aufgeschlagen war, war der Farn ein wenig platt gedrückt. Sein Blut war in die Erde gesickert. Wenn sie genauer hingesehen hätten, dann hätten sie drei von seinen Zähnen gefunden.

Stattdessen fanden sie Ringo, der Länge nach hingestreckt, inmitten von Reifenspuren. Ein Stück hinter dem Auto, kalt und mit offenen Augen und leblos, die trockene Zunge hing auf die feuchte Erde.

Sie sagten, der Aufprall des Wagens hätte keine Spur an ihm hinterlassen.

Einundzwanzig (Bohemia)

Ich war selbst schuld, glaube ich, denn ich fragte Max nach seinen Narben. Das musste einfach sein. Es waren diese Narben in seinem Gesicht, von denen ich den Blick einfach nicht abwenden konnte. »Was ist da passiert?«, sagte ich und deutete auf mein Auge und mein Kinn, damit er wusste, was ich meinte.

»Unfall«, sagte er.

»Nein, war es nicht«, sagte seine Mum.

»Doch, war es.«

»Autsch«, sagte ich.

Da lächelte er mich zum ersten Mal an. Er sagte: »Es tut nicht mehr weh.«

»Was für ein Unfall?«, fragte ich.

»Sam Cassidy«, sagte seine Mum an der Spüle, wo sie beim Äpfelschälen lange Spiralen machte und die Äpfel dann in Viertel schnitt.

»Nicht, Mum«, sagte er.

»Was meinen Sie mit *Sam Cassidy?*«, sagte ich.

»Ich meine das Unglück, dass wir ihn je kennengelernt haben«, sagte sie, mir den Rücken zugewandt. »Ich meine das Unglück, dass wir in seiner Nähe wohnen oder jemals freundlich zu ihm waren, ich meine ihn *überhaupt*, Punkt.«

Junge, war sie zornig. Das merkte ich schon an der Art, wie sie mit diesen Äpfeln umging.

»Ich verstehe das nicht«, sagte ich.

Da erzählte sie. Dass Sam Max' Auto gestohlen hatte, während Max noch drinsaß. Dass er es in der Dunkelheit zu Schrott gefahren hatte. Dass Max eine Ewigkeit im Krankenhaus gelegen hatte und nie mehr der Alte sein würde. Dass Ringo tot war und alles.

Max sagte: »Mum, das solltest du nicht tun« und: »Ich glaub, sie will das gar nicht hören.« Aber als sie einmal in Fahrt war, konnte sie nichts mehr stoppen.

Sie sagte: »Er hat dir das *Genick* gebrochen, Max. Du hast Glück, dass du noch lebst. Du hast Glück, dass du noch laufen kannst.«

Sie sagte: »Max hat anderthalb Liter Blut verloren. *Anderthalb Liter.*«

Sie sagte: »Das einzig Anständige, was Sam Cassidy je getan hat, war zu verschwinden.« Dabei deutete sie mit dem Messer auf mich. »Dieser Junge hat meinen Sohn beinahe umgebracht. Er hat ihn jahrelang gequält, und dann hat er ihn fast *getötet.*«

Es wäre besser gewesen, wenn ich das vorher gewusst hätte. Ich hätte es gut gefunden, wenn Sam mich nicht angelogen hätte, denn ich kam mir ein wenig belämmert vor, wie ich da an dem riesengroßen Küchentisch von seinem besten Freund saß und erfuhr, wie sehr sein bester Freund ihn hasste.

»Es war keine Absicht von ihm«, sagte ich darauf. »Er hat das bestimmt nicht gewollt.«

»Ach!«, sagte Max' Mum, und allein mit ihrer Stimme

hätte sie die Äpfel schälen können. »Ich schätze, all das andere hat er auch nicht absichtlich getan. Nicht Max' Kamera in den Fluss geworfen und ihn in der Schule nicht erniedrigt und nicht Lügen über ihn erzählt und nicht dafür gesorgt, dass er keinen guten Freund bekam.«

Ich sagte: »Es tut mir so leid. Aber Ihr Sam ist nicht derselbe wie meiner.«

»Was soll das heißen?«, sagte sie.

Ich sagte, dass *mein* Sam nie gemein sein oder jemanden schikanieren würde oder jemandes Sachen wegnehmen und sich dann nicht um sie kümmern würde. Sie sah mich an, als könnte ich komisch sein, wenn ich nur nicht so dumm wäre.

Ich sagte: »Mein Sam hat mich gerettet, als ich im Dunkeln ausgeschlossen war, und er kümmert sich um mich, und er geht mit Isabels Hund spazieren, und er repariert ihre Schränke, und er hat mich in die National Gallery mitgenommen, nur damit ich meine Haare wieder mochte, und er hat mich vom Klauen im Laden abgehalten, und er will meiner Mum helfen und ...« Ich sah Max an. »Er redet oft von dir«, sagte ich. »Ich dachte, ihr wärt die *besten Freunde.*«

»Warum sollte er das sagen?«, fragte Max.

»Ich weiß nicht«, sagte ich. »Er redet nicht viel, weil er nicht zu Wort kommt, aber wenn, dann redet er von dir.«

»Schlechtes Gewissen«, sagte Max' Mum. »Er schämt sich.«

»Und er *liebt* seinen Hund«, sagte ich. »Er hat mir alles

über Ringo erzählt. Er sagte, er sei so groß, dass ich auf ihm reiten könnte.«

»Er war riesig«, sagte Max, und es hörte sich ganz lispelig an, weil er diese Zahnlücken hatte.

Es machte mich so traurig, an Sam zu denken und dass niemand wusste, wo er war, und dass er so tat, als ob dieser tote Hund und dieser Junge, dem er wehgetan hatte, diejenigen wären, die er am meisten auf der Welt mochte.

Ich konnte das einfach nicht begreifen.

Ich sagte: »Also, ich weiß nicht, was ich jetzt tun soll. Ich bin alleine den ganzen Weg hierhergekommen, weil ich dachte, du würdest mir helfen.«

Max sagte: »Wobei helfen?«

Und seine Mum sagte: »Wie bitte, ganz alleine?«

Also erzählte ich ihr zuerst einmal, dass ich mitten in der Nacht zum Busbahnhof gegangen war. Ich erzählte ihr, wie ich mich unter diese Familien gemischt hatte und wie gut ich darin war, auf die Schnelle eine Lüge zu erfinden, wenn ich musste, und mich unsichtbar zu machen, und dass es eigentlich ziemlich einfach ist, wenn du einmal ganz scharf darüber nachdenkst.

Sie sagte: »Weiß denn niemand, dass du hier bist? Deine Mum oder dein Dad?«

Ich sagte, mein Dad wäre ziemlich überrascht, wenn er herausfinden würde, wo ich sei, denn er hätte mich das letzte Mal als ein winziges Baby gesehen.

»Also dann deine Mum.«

»Das wird sie nicht groß kümmern«, sagte ich. »Wahrscheinlich ist sie gerade unterwegs.«

»Sie weiß es also?«

»Nein, aber das ist schon okay. Ich bin morgen zurück.«

Max' Mum verstand es nicht. Sie sagte: »Das verstehe ich nicht.«

Ich sagte ihr, das liege daran, dass sie nicht meine Mum sei.

»Jedenfalls müssen wir sie anrufen«, sagte sie. »Wie ist ihre Nummer?«

»Das geht nicht. Sie hat die Rechnung nicht bezahlt.«

Sie sagte: »Es muss doch jemanden geben, den wir anrufen können.«

Ich sagte, eben deshalb würde ich Hilfe brauchen.

»Können wir bei Sams Eltern anrufen?«, fragte ich. »Ich will ihnen sagen, dass es ihm gut geht.«

Das behagte ihr nicht, ich sah es daran, dass sie die Schultern hochzog und aufhörte, Äpfel zu schneiden.

Aber Max sagte: »Gute Idee«, und wählte die Nummer. Er reichte mir das Telefon, während es noch tutete.

In der Küche wurde es ganz still, ich hatte nur noch das Tuten im Ohr, und dann sagte eine Stimme: »Hallo?« Es war die einer Frau, und sie war sehr leise und zittrig und traurig.

»Ist dort Sams Mutter?«, fragte ich, und sie sagte Ja und wer denn dran sei?

»Mein Name ist Bo«, sagte ich. »Bohemia Hoban. Ich bin eine Freundin von Sam.«

Am anderen Ende war nichts zu hören, einfach nichts, und ich dachte, vielleicht ist das Telefon tot.

»Hallo?«, sagte ich.

»Er ist nicht hier«, sagte sie.

»Ich weiß.«

»Warum rufst du dann an?«

Da blickte ich auf den Rücken von Max' Mum, die ganz erstarrt war, und sah dann in Max' dunkelblaue Augen. Ich sagte: »Ich hab angerufen, weil ich Ihnen sagen will, wo er ist.«

Zweiundzwanzig (Sam)

Cherry lachte nicht, als ich ans Ende der Geschichte kam. Sie beobachtete mich, wie ich mein dummes, gehässiges, unverzeihliches Selbst in mein brandneues Leben schleifte. Sie lauschte. Und als ich verstummte, sagte sie: »Scheiße, Sam, das ist nicht zu fassen.«

»Ich weiß«, sagte ich.

Sie fragte mich, was dann passiert war.

»Max lag drei Tage im Koma«, sagte ich.

»Aber er ist nicht gestorben.«

»Nein. Er ist aufgewacht. Ich wartete draußen im Flur, aber sie ließen mich nicht rein.«

»Überrascht mich nicht«, sagte Cherry.

»Mich auch nicht. Er hat sich das Genick gebrochen.«

Auf der Straße fuhr ein Krankenwagen vorüber, mit Blaulicht und Sirene. Die Ruhe des Parks zerschellte.

»Ist er gelähmt?«, fragte sie.

»Ich weiß nicht«, sagte ich. »Ich hab gehört, dass er lernt, am Stock zu gehen. Es heißt, dass er hauptsächlich auf einer Seite verletzt ist.«

»Armer Max«, sagte sie.

Das war es auch, was meine Mum sagte, als sie die ganze Wahrheit erfuhr. Sie war so erleichtert, dass ihr Sohn nicht verletzt war, und so angewidert von dem Menschen, der ihr Sohn nun geworden war.

»Armer Max«, sagte sie, mal laut vor sich hin und mal, ohne dass sie auch nur den Mund aufmachen musste. »Ich kann nicht fassen, das wir nicht auf ihn gehört haben. Ich schäme mich dermaßen für das, was du getan hast.«

Mein Vater sagte überhaupt nichts. Ich glaube, er hielt sich von mir fern. Ich glaube, er wollte mich nicht ansehen.

Wir begruben Ringo. Ich konnte nicht aufhören zu weinen, und sie sahen mich nur finster über das Grab hinweg an, mit dem ausgehobenen Erdhaufen zwischen uns, ihre Augen wie Steine.

Ich glaube, sie hassten mich. Dafür, dass ich all die Jahre ihre Liebe genommen hatte und nun nicht der war, für den sie mich gehalten hatten. Ich bin sicher, sie hassten mich.

»Wie ist es weitergegangen?«, fragte Cherry.

»Nun, alle wussten es sofort. Solche Neuigkeiten verbreiten sich schnell in einer Kleinstadt.«

»Was haben die Leute gesagt?«

»Nicht viel, nicht zu mir. Alle hielten Abstand. Es war ein Thema. Es war etwas, mit dem man ein Gespräch anfangen konnte: »O mein GOTT, hast du schon gehört?«

»Was war mit deinen Freunden?«

»Weißt du was? Das ist das Schlimmste. Manche hielten es für *lustig*. Sie sagten, sie würden den Hund mehr vermissen als Max und dass der ohnehin kein Auto verdient hätte, solche Sachen eben.«

Ich erinnere mich, wie ich ihnen zuhörte und dachte: *»Sind das die Leute, denen ich imponieren wollte? Bin ich genauso wie die?«*

In Wahrheit war ich schlimmer.

»Hast du Max wiedergesehen?«, fragte sie.

»Ja. Einmal.«

»Wie war das?«

»Ich sagte, es tue mir leid.«

»Was hat er geantwortet?«

»Er sagte: *Ich verzeih dir nicht.*«

»Kann ich gut verstehen. Das kannst du ihm nicht vorwerfen. Und dann?«

»Und dann bin ich verschwunden.«

»Nein, bist du nicht.«

»Doch, bin ich.«

»Ich kann dich vor mir sehen«, sagte sie.

»Okay, ich bin hierhergekommen.«

»Weil du dachtest, deine Mum und dein Dad würden dir nie verzeihen und Max würde dir nie verzeihen?«

»Jep.«

»Weil du nicht mehr mit dir selbst leben konntest?«

»So ungefähr.«

»Mein Gott, Sam, was für ein Schlamassel.«

Ich blickte auf den Weg zwischen meinen Füßen, auf die verwelkten Blätter und den Abfall unter der Bank.

Ich lachte irgendwie leise vor mich hin. »Tja, dann rat mal, wer hier war, als ich ankam?«

Sie zuckte die Achseln. »Mick und Steve und Isabel und Bohemia und ich.«

»Und Matte.«

»Gut, okay, und Matte.«

»Und ich. *Ich* war hier.«

»Oh, verstehe.«

»Ich kann nicht weglaufen«, sagte ich. »Ich bin nach wie vor verantwortlich. Wo ich auch bin, es ist immer noch meine Schuld.«

Cherry seufzte und wandte den Blick von mir ab auf irgendeinen Punkt am Himmel. »Wann ist dir das klar geworden?«, sagte sie.

»Weiß nicht. Jetzt im Moment.«

Sie sagte: »Die einzige Möglichkeit, nicht mit dir selbst zu leben, ist, dermaßen abzudrehen, dass du nicht mal mehr deinen Namen weißt. Auch das hält nicht lange an. Glaub mir, ich weiß, wovon ich rede.«

»Also, wenn es dir nichts ausmacht, dann verzichte ich lieber auf dein Rezept.«

Cherry blickte mich lächelnd an, und ich sah, dass sie in diesem Moment an Bohemia dachte, denn es war das traurigste Lächeln, das ich je gesehen hatte.

»Du bist ein kluger Junge«, sagte sie. »Und es macht mir überhaupt nichts aus. Ich hab es selbst vor. Wenn sie zurückkommt, dann ändere ich mich, versprochen.«

Es war eine Weile still, und dann sagte sie: »Wo glaubst du, dass sie steckt, Teufel noch mal?«

Ich sagte, ich wüsste es nicht.

Sie sagte: »Ich bin so oft ausgebüchst. Ich hab nie überlegt, wie es wäre, die zu sein, die zurückbleibt.« Sie zündete sich eine Zigarette an und blies Rauch und warmen Atem hinaus in die Kälte. »Ist es so ähnlich, wie du es dir vorgestellt hast?«

Ich sagte, ich hätte versucht, es mir nicht vorzustellen.

»Ich schätze, wenn du wegläufst und dir einbildest, du würdest verschwinden«, sagte sie, »dann bildest du dir ein, alles, was du zurücklässt, würde auch verschwinden. Tut es aber nicht.«

Wir sahen uns an. Cherry hatte recht. Bohemia war nicht mehr da, aber sonst war nichts verschwunden. Alles war noch da. Wir waren noch da, warteten auf der Parkbank. Die anderen hockten noch immer bei Isabel in der Küche, wir alle beobachteten die stehen gebliebenen Uhren, bis Bohemia durch die Tür kommen und sie wieder zum Laufen bringen würde.

Was Isabel mir übers Weglaufen hatte sagen wollen, das hatte Bohemia mir nun ganz praktisch vorgemacht. Und je länger wir dasaßen und darüber nachdachten, desto mehr sahen Cherry und ich vielleicht ein, dass unser neues Leben genau wie das alte war, weil wir immer noch darin steckten.

»Komm schon«, sagte sie und stand auf. »Ich kann nicht mehr hier rumsitzen. Wir müssen was unternehmen.«

Alle waren noch da, als wir zurückkamen, auf genau denselben Plätzen. Mick machte Anstalten, Cherry zu umarmen, aber sie entschlüpfte ihm irgendwie und sagte: »Ich kann das jetzt nicht haben. Du musst mich um Himmels willen nicht trösten.«

Er sagte: »Tut mir leid.«

Cherry wandte sich an Isabel: »Was sollen wir denen sagen? Der Polizei?«

»Ich weiß nicht«, sagte Isabel.

Es war drückend und stickig in der Küche.

Steve sagte: »Die werden erst einmal den Park durchsuchen und das Niemandsland zwischen hier und dem Kanal und andere Häuser.«

»Niemandsland?«, sagte Cherry.

Isabel sah ihn finster an. »Das ist ein bisschen hart«, sagte sie. »Du musst nicht gleich den Teufel an die Wand malen.«

»Okay, vielleicht erinnert sich irgendwo jemand, dass er ihr ein Ticket verkauft hat«, sagte Steve, »und dann kriegen wir raus, wo sie hin ist.«

Plötzlich konnte ich Cherry nicht mehr anblicken. Sie wirkte, als würde sie demnächst die Fassung verlieren. Sie machte seltsame leise Geräusche beim Atmen und hielt die Hände vor den Mund, als ob sie die Töne wieder in sich hineindrücken wollte.

»Willst du, dass wir die Polizei rufen?«, sagte Isabel.

»Ich will sie wiederhaben«, sagte Cherry, und ihre Stimme war nun eine andere.

»Ich weiß, meine Liebe«, sagte Isabel und drückte über den Tisch Cherrys Hand.

Cherry sagte: »Ich will sie wiederhaben, damit ich mich um sie kümmern kann.«

»Ja.«

Cherry sah Mick an, und ihr Blick war so verängstigt, so hohl vor Angst, dass sie wie ein anderer Mensch wirkte. »Ich hab mich nicht um sie gekümmert«, sagte sie.

Mick sah Isabel an und dann Cherry. Isabel hielt weiter ihre Hand fest. »Du hast dein Bestes getan, Baby«, sagte er.

Cherry schüttelte den Kopf. »Nein«, sagte sie. »Nein, das hab ich nicht.«

Als das Telefon ging, schnitt das Läuten durch uns hindurch wie ein Schrei. Isabel stürzte sich auf den Apparat.

»Wer zum Teufel ist das?«, sagte sie, ehe sie abnahm, und dann: »Hallo? Hallo?«

Ich dachte, es wäre die Polizei, und war das eine gute Nachricht oder eine schlechte? Ich dachte, vielleicht hatte sich jemand verwählt, oder es war eine Verbraucherumfrage oder eine von diesen automatischen Ansagen, die behaupten, du hättest eine neue Küche gewonnen. Ich dachte, dass ich Isabels Telefon während meiner ganzen Zeit hier nicht ein einziges Mal hatte klingeln hören. Ich wusste nicht mal, dass sie eines hatte.

Und dann sagte sie: »Sam? Ja, der ist hier«, und gab es mir weiter.

Ich sah, wie sich die alte Spiralkordel spannte und dehnte, während sie mir den Hörer rüberreichte.

Ich sagte: »Wer soll mich denn hier anrufen?«

Isabel drückte mir den Hörer in die Hand und führte die Hand an mein Ohr.

»Es ist deine Mum«, sagte sie.

»Hallo?«, sagte Mum. »Hallo, Schatz, bist du das?« Und dann weinte sie, und ich weinte auch, und alle in Isabels Küche sahen mich an.

Ich sagte: »Es tut mir leid, Mum«, und sie sagte: »Komm nach Hause und sag das.«

Ich sagte: »Ich bin jetzt anders«, und sie sagte: »Ich will dich sehen.«

Ich fragte sie, wie sie mich gefunden hatte.

»Heute kam ein kleines Mädchen. Sie kam mit Max. Bohemia.«

»Bohemia?«, sagte ich.

Dreiundzwanzig (Sam)

Wir fuhren alle gemeinsam in Steves Wagen hinauf. Es war ein alter Cortina und keiner von uns glaubte, dass er es schaffen würde, außer Steve.

Cherry hatte kaum den Hörer aufgelegt, da kam er mit seinem Vorschlag. Plötzlich tickten die Uhren, und in der Küche konnte man wieder atmen. Sie sagte: »Sie ist gesund, es geht ihr gut«, und sie weinte, aber sie sah aus wie sie selbst.

»Ist sie bei deiner Mutter?«, fragte Mick.

»Ja. Sie ist bei uns im Haus.«

»Wie hat sie den ganzen Weg geschafft?«, sagte Isabel. »Woher wusste sie, wo sie hinmusste?«

»Das fragen wir sie, wenn wir da sind«, sagte Steve. »Worauf warten wir noch? Auf geht's!«

»Was, wir alle?«, sagte ich.

Alle hielten mit einem Mal inne, Isabel, die gerade das Telefon wegstellte, Mick, der die Tassen aufräumte, Steve, der seine Jacke anzog, und Cherry, die sich mit den Händen durch die Haare fuhr. Sie erstarrten und sahen mich an, als ob sie ein einziges Wesen wären, nicht vier.

»Natürlich *wir alle*«, sagte Isabel. »Wer, glaubst du denn, sollte hierbleiben?«

Isabel saß vorne mit dem Hund zwischen den Beinen. Immer wenn Steve eine Kurve nahm, sog sie scharf die Luft ein und sagte: »Schon gut, Matte, nur die Ruhe«, als ob es Matte war, der sich ängstigte.

Ich saß hinten bei Cherry und Mick. Er hatte den Arm um sie gelegt, und sie schmiegte den Kopf an seine Schulter und lächelte mich an. »Ich kann es nicht glauben«, sagte sie. »Sie ist in Sicherheit. Sie hat sich bis zu deiner Mum durchgeschlagen.«

Wir hielten auf halber Strecke an einer Raststätte, denn wir alle hatten den ganzen Tag nichts gegessen, und die guten Nachrichten hatten uns plötzlich riesenhungrig gemacht, und Isabel meinte, Matte müsse mal Pipi und sich die Beine vertreten. Nach der monotonen Fahrt war es viel zu hell dort drin. Isabel und Cherry mussten mal für Damen, und Steve brauchte einen Kaffee, und Mick sagte, er könne ein ordentliches Frühstück vertragen. Ich holte mir ein Sandwich und setzte mich auf eine grüne Plastikbank und wartete, bis sie alle zurückkamen.

Eine alte und sehr runzlige Dame in Mantel und Flipflops.

Eine blonde Frau mit zurückgekämmten Haaren, die an ihren Nägeln kaute und immer noch mein Sweatshirt trug.

Eine Eidechse mit Sonnenbrille und Lederjacke.

Ein Mann mit Revolvertattoo am Bein und einem lächerlichen Bart.

Ich betrachtete sie, jeden einzeln, und ich dachte, wie merkwürdig sie allein für sich aussahen, nie hätte ich sie genommen, wenn ich aus einer Reihe von Leuten meine künftigen Freunde hätte wählen können, nie und nimmer.

»Worüber schmunzelst du?«, sagte Isabel.

»Über nichts«, sagte ich, weil ich ihnen nicht sagen konnte, was für ein gutes Gefühl es war, an etwas so Unerwartetem teilzuhaben. Ich hätte nicht gewusst, wo anfangen.

Ich ging nach London, um allein für mich zu sein, und nun war ich das genaue Gegenteil davon. Vielleicht war es so, wie Dr. Bernard O. Hopkins es auf der einzigen Seite der *Ameisenkolonie* schrieb, die ich mir je die Mühe gemacht hatte zu lesen – dass Ameisen, allein auf sich gestellt, nicht viel gelingt, aber dass sie zusammen das Undenkbare erreichen können.

Als wir von der Autobahn runter waren, kamen unbeleuchtete Straßen, die sich in Haarnadelkurven und Windungen über die Berge zogen. Steve fuhr langsam. Die Scheinwerfer leuchteten die Hecken zu beiden Seiten und die Kurven vor uns aus.

»O mein Gott«, sagte Mick, den Kopf hinten aus dem Fenster geneigt. »Schaut euch all diese Sterne an.«

»Was für eine Gegend, um aufzuwachsen«, sagte Steve.

Cherry legte die Hand auf meinen Arm. »Geht's dir gut?«, sagte sie.

»Natürlich. Weshalb?«

»Weil du jetzt deine Eltern siehst und alles.«

»Ich weiß nicht«, sagte ich. »Ich glaub schon.«

»Wird schon gut gehen«, sagte sie.

Ich überlegte, wie es war, Mum und Dad nun wiederzusehen. Und Max und seine Eltern. Und dass ich verändert zurückkam. Dass ich sie alle überzeugen würde, dass ich nicht mehr derselbe war.

Ich dachte an Bohemia, die den ganzen Weg hierhergekommen war, wie ein Magnet, der uns alle zusammenzog und uns alle hierherbrachte.

Die Geschichte meines Lebens

Fünfter Teil
von B. Hoban

Als Mum sagte, wir würden zu Mick in die Wohnung ziehen, war ich nicht richtig überzeugt. Ich sagte, ich würde nicht verstehen, warum das sein müsse.

Mum sagte: »Sie ist größer.«

Ich sagte: »Er will mich doch eigentlich gar nicht dahaben.«

Sie sagte: »Soll das ein Witz sein? Wart ab, bis du siehst, was er für dich gemacht hat.«

»Was hat er denn gemacht?«, sagte ich.

»Das kann ich dir nicht verraten«, sagte sie. »Er wäre sauer, wenn ich die Überraschung verderbe.«

»Und wann kann ich es sehen?«

»Später vielleicht. Es ist fast fertig.«

Ich sag euch, was es war. Ein Zimmer. Ein richtiges Zimmer allein für mich. Mick hatte es rosa gestrichen, und der Boden war weiß, und auch das Bett war rosa und weiß. Es hatte einen Schreibtisch und eine Kommode und alles. Alles passend bemalt. Unser Sternlampenschirm hing von der Decke. Es war so ziemlich das schönste Zimmer, das ich je gesehen hatte.

Mum und Mick standen einfach nur da im Flur und hielten sich umschlungen und grinsten mich an.

Ich wusste nicht, wo ich zuerst nachschauen sollte. Im Schreibtisch waren jede Menge Stifte und Papier, und in der Kommode waren neue Kleider, ordentlich gefaltet.

»Die Kleider sind von Steve«, sagte Mick.

Mum sagte: »Und die Stifte sind von Isabel, für die Schule demnächst.«

Wir gingen im Haus herum, und wir erzählten es allen, obwohl sie es schon wussten, und daraus wurde ein Fest unten bei Isabel.

Ich rief Sam an. Ich sagte: »Ich hab ein Zimmer für mich selbst.«

»Nicht zu fassen«, sagte er. »Wart nur, bis ich es Max erzähle.«

»Ich weiß«, sagte ich. »Ist das nicht die beste Nachricht, die es gibt?«

Vierundzwanzig (Bohemia)

Ich weiß noch, wie ich im Haus von Sams Mum erwachte, noch ehe es richtig hell war. Ich sah aus dem Fenster, und da war dieser dichte weiße Nebel rings um uns herum. Der Wind in den Bäumen hörte sich an wie das Meer, und ich dachte: *Als ich schlafen ging, war ich nicht am Meer.*

Es war Sams Zimmer. Nachdem seine Mum mir einen Gutenachtkuss gegeben und die Tür geschlossen hatte, stand ich auf und schaute mir seine Sachen gründlich an. Es war nett, sie alle hier zu sehen, Bücher und Poster und CDs und einen Computer und Fußballschuhe und Füller und Bleistifte und einen Globus, der leuchtete, wenn man ihn einsteckte, und überall Anziehsachen.

Ich dachte, wie weit weg von zu Hause er sich gefühlt haben musste in seinem leeren Zimmer in London.

Als Max mit mir zu Sam nach Hause ging, waren Sams Mum und Dad richtig überrascht, ihn zu sehen. Max' Mum fuhr uns vorbei, aber sie wollte nicht mit reingehen und sie wollte auch nicht warten. »Ruft mich einfach an, wenn ich euch abholen soll«, sagte sie.

Max brauchte ziemlich lange, um aus dem Wagen zu klettern, weil sein rechtes Bein ein wenig ermuntert werden musste. Seine Mum öffnete schon die Fahrertür, um ihm drüben beim Aussteigen zu helfen, aber das wollte er nicht. Er sagte: »Geht schon, Mum. Ich schaff das alleine.«

Sie beobachtete ihn im Rückspiegel, und ich wandte mich um und schaute mir an, wo Sam lebte, weil ich es sehen wollte und weil Max, glaube ich, keine Zuschauer brauchte.

Sams Haus war niedrig und aus goldenen Steinen gebaut, und die Fenster waren alle blau. Und direkt hinter dem Haus war ein Berg, der hoch über ihm aufragte. Ich konnte in der Nähe des Gipfels Bäume schief im Wind stehen sehen und Schafe wie kleine weiße Punkte.

Sams Mum und Dad öffneten die Tür, noch ehe wir da waren.

»Max«, sagten sie, und sie sahen ihn an, als würden sie in seinen Augen nach etwas suchen.

»Du siehst gut aus«, sagte Sams Dad, und Max lächelte und sagte: »Danke, Mr Cassidy. Ich fühl mich schon viel besser.«

Sams Mum hatte schon Tränen in den Augen, durch die sie Max anlächelte, und dann wandte sie sich an mich. »Hallo«, sagte sie. »Du bist Bohemia?«

Ich sagte Ja.

»Und du bist eine Freundin von Sam?«

»Ja«, sagte ich. »Und jetzt auch von Max.«

Sie lächelten mich an und blickten dann beide wieder zu Max. »Sie ist noch sehr klein«, sagte Sams Dad und dann zu mir: »Wie alt bist du, Bohemia?«

»Ich bin zehn«, sagte ich. »Ich bin älter, als ich aussehe.«

Wir saßen in einem Zimmer mit Sesseln, von dem aus man den Berg sah. Sams Mum bot uns etwas zu trinken an, aber es war klar, dass sie unbedingt wissen wollte, wie es um Sam stand.

»Reden wir erst mal«, sagte Max.

Da setzte sie sich hin, auf die Armlehne ihres Mannes. Sie hielten sich die Hände. Sie waren viel älter als Cherry, aber trotzdem konnte ich erkennen, was von den beiden auch Sam hatte. Die langen Beine seines Dads und seine großen Füße und Augenbrauen, die Haare seiner Mum und die Nase und den Mund. Ich lächelte sie so fest an. Ich konnte nicht anders.

»Es ist gut«, sagte Max. »Was Bohemia Ihnen zu sagen hat, ist gut.«

Da sahen sie mich an, und ich merkte, dass sie beide den Atem anhielten, also erzählte ich es ihnen.

Auf einem Bord über dem Kamin war ein Bild von Sam. Ich sagte: »Das ist Sam, stimmt's?«, und ich deutete darauf und sie nickten.

Ich sagte: »Sam lebt in der Georgiana Street Nummer 33, Camden Town, London, und ich glaube, er vermisst Sie, und er möchte nach Hause kommen.«

Sams Mum klappte der Mund auf, und er wollte nicht mehr zugehen. Sie lächelte mit offenem Mund und wollte aufstehen, aber Sams Dad hielt sie zurück und sagte: »Einen Moment, Suzie, einen Moment.«

Er sagte: »Woher weißt du das, Bohemia?«

»Weil ich auch dort lebe«, sagte ich. »Mit meiner Mum Cherry – und Mick, glaube ich, im Moment.«

»Und weshalb bist du hier?«

»Oh, weil Sam und ich Streit hatten und ich die Anschrift von Max geklaut habe.«

»Verstehe.«

»Ich wollte, dass er sich über mich ärgert. Ich wollte, dass er aufhört, die ganze Zeit ALLEIN zu sein. Er redet immer vom ALLEINSEIN, und es gefällt ihm nicht einmal.«

Sams Mum weinte leise.

»Ich sagte: »Tut mir leid, das mit Ihrem Hund. Ich wusste nichts davon, bevor ich herkam.«

Sie sagte: »Gibt es in der Georgiana Street Nummer 33 ein Telefon? Glaubst du, wir könnten mit unserem Sohn sprechen?«

Ich brauchte eine Weile, um mich an Isabels Nummer zu erinnern. Ich sagte: »Entweder ist eine Drei am Ende oder eine Sieben.«

Sams Mum versuchte es erst mit der Drei. Es war die Sieben.

Ich weiß nicht mehr, was sie sagte, als Isabel antwortete, aber ich wusste, dass sie Sams Stimme hörte, weil sie immerzu weinte und gleichzeitig strahlte wie ein Honigkuchenpferd.

Als sie Sam sagte, dass ich da war, versteckte ich mich ein wenig in meinem Sessel, weil ich ihn beklaut hatte und alles und er ziemlich wütend war, als ich ihn das letzte Mal gesehen hatte. Aber als sie meinen Namen noch einmal sagte, »Ja, Bohemia«, da hielt sie das Telefon hoch und ich konnte sie hören, wie sie alle zu Hause waren und jubelten und meinen Namen riefen. Cherry hörte ich am lautesten.

Ich wusste nicht, wen ich anlächeln sollte.

Sams Mum sah mich jetzt an, während Sam etwas zu ihr sagte, und ihre Augen wurden immer größer. Ich dachte, vielleicht erzählt er ihr von dem Geld und ich würde Ärger bekommen.

Dann sagte sie: »Bohemia, da würde jemand gern mit dir sprechen.«

Ich nahm das Telefon und sagte: »Hallo?«, und ich hörte das Lächeln meiner Mum, noch ehe sie sprach.

»Schatz?«, sagte sie. »Bist du das?«

»Hi, Cherry.«

»O mein *Gott*«, sagte sie. »Ich hab mir solche Sorgen gemacht.«

»Tut mir leid.«

»Du brauchst dich nicht bei mir zu entschuldigen«, sagte sie. »Versprich einfach, dass du dort bleibst, und lauf nicht weg, denn wir kommen dich abholen.«

»Okay, Mum, versprochen.«

»Ich hab dich vermisst«, sagte sie. »Lauf mir nie mehr einfach so davon.«

Ich stand an Sams Fenster und schaute hinaus in den Nebel. Die Heizung war an und machte es mir warm um den Bauch. Ich hatte gebadet, ehe ich schlafen gegangen war, und eine Menge gegessen, und ich trug einen Schlafanzug, der vor vielen, vielen Jahren bestimmt mal Sam gehört hatte, weil er mir tatsächlich beinahe passte. Und ich konnte meine sauberen Haare in dem warmen Zimmer riechen, und ich fühlte mich glücklich.

Und während ich hinausschaute, kam ein Wagen durch den Nebel. Seine Lichter kamen zuerst und erhellten den Nebel von innen, er sah wie etwas zum Greifen aus, und ich konnte den Schatten eines Baumes darin erkennen. Dann kam das Auto, gelb und alt und rostig, und es fuhr nach links und hielt an.

Die Türen gingen auf, und ich sah sie, sie alle. Mum und Sam und Isabel und Matte und Mick und Steve. Sie standen da und blickten am Haus empor, und ich rannte aus meinem Zimmer und klopfte am Schlafzimmer von Sams Mum und Dad.

Ich sagte: »Er ist wieder zu Hause! Sie sind hier! Wacht auf!«

Und wir rannten nach unten, um sie zu begrüßen.